JN318768

ザ・バイブル

読むだけで身につくお金と人に好かれる習慣

菊 地 英 晃

幻冬舎文庫

ザ・バイブル

読むだけで身につくお金と人に好かれる習慣

目次

プロローグ

ネイビーのスーツに身を包んだ三人の男が部屋の袖から登場すると、一斉にフラッシュが焚《た》かれた。部屋は光で真っ白になり、何も見ることができない。二十メートル四方の白いコンクリート造りの部屋に百人以上の取材陣が所狭しと詰め掛けていて、ひたすらシャッターを切り続けている。

三人の男はみな、きちんとした身なりをしている。靴はガラス細工のようにピカピカに磨き上げられ、髪はかっちりと整髪料で固められている。歳は三十代から四十代というところであろうか。

三人の男はしっかりした足取りで上座中央に向かうと、並んで席についた。男たちの頭上には「自由労働党決起記者会見」と書かれた大きな横断幕が掲げられていた。

男たちが席につくと、記者団は司会を無視して、早速質問を始めた。

「自由労働党を結成する理由はなんですか?」銀縁のメガネをかけた記者は不快感をあらわに質問した。

中央に座った男が目を大きく見開きながら、

「日本を良くするため、ただそれだけです」

とゆっくり答えた。

「声明文を読みますと、相続税や年金制度の廃止といった過激な政策が多そうですが、そんなことをして本当に日本は良くなると思っているのですか。それこそ日本を滅茶苦茶にしてしまうんではないですか？」

「われわれはそういった政策が日本には必要と考え、発表しました」男は淡々と答えた。

「では、お聞きしますが、マイナス消費税という聞いたことのない言葉が声明文の中にありますが、これはどういうことですか？」

「今は、物を買ったりすると、消費税を支払わなければなりません。マイナス消費税というのはその逆で、お金を使ったら、税金が戻ってくるというものです。そして、マイナス消費税を導入すると同時に、所得税率を今より上げます。いったん、税金を今より多く徴収し、お金を使ったら、その余計に徴収した分、もしくはそれ以上を還付するようにします」

「それでは、今の国際的な流れに逆行するのではないですか。今はどの国も所得税率を下げて、消費税等の間接税からの税収を増やすようにしています。所得税などの直接税では税の確保が難しいからです」

記者は、そんなことも知らないのかとばかりに嘲笑を浮かべている。

「なぜ、国際的な流れに合わせなければならないのでしょうか。必要なのは日本の実情に合った政策を導入することです。今の日本に必要なのは消費です。消費を促す政策が必要なのです。国際的な流れに合わせることではありません。

消費をすると、税金が戻ってくる仕組みにしますと、当然、みなさんは消費をして、取られた税金を取り戻そうとします。それこそ、大量に消費してくれた人には、所得税がゼロになってしまうまで返金してもよいと思っています」

そこまで話すと、男は質問をした記者のほうをじっと見つめた。

「あなたなら、どうですか。もし、こういったことが導入されたら、消費を増やしませんか?」

「そりゃぁ、増やすでしょう。しかし、そんなことをしたら、税収がなくなるのではないですか!?」

「その通りです。したがって、代わりに売上税を導入します。物を買った人が税金を支払うのではなく、売上げを上げた側が税金を支払うようにします。消費者が税金を払うのではなく、事業者が払うようにするのです。払う人を替えるのです」

会場に沈黙が訪れた。みんな今聞いたアイデアに考えをめぐらせているようである。

「売上税の導入だけですと、事業者は嫌がりますから、マイナス消費税とセットにするのです。マイナス消費税を導入しますと、消費が増えるので、事業者が喜びます。そして、事業者の利益が増えますので、法人税もアップします。例えば、マイナス消費税を一〇%、売上税五%に設定し、年収一億円超えの所得税を現行の四五%から五〇%に変更したとします。すると、年収一億円の方の所得税は五千万円となります。ところが、この人が五億円の家を購入すると、マイナス消費税一〇%分の五千万円が還付されますので、税金はゼロになります。したがって、こうすることで所得を抑え目に受け取っていた個人事業者などは今よりも多めに所得を設定したり、富裕層の海外資産が日本に還流したりすると予想しています。そして、五億円の物件が売れるわけですから、今、売上税を五%と仮定したので、二千五百万円の売上税が発生します。さらに、販売者側の収益が増えるわけですから、法人税ないしは所得税も増えます。トータルで国の税収も増えるわけです」

記者たちは黙って、男の話に耳を傾けている。

「また、事業者は売上税を払わなければならなくなりますと、その分、価格を上げるかもしれませんが、これはデフレ傾向の日本には特に有効と考えています。さらに、税金の還付を受け取るために、国民みんなが確定申告をするようになります。すると、売上げを隠すことが難しくなりますので、脱税が難しくなります」

「しかし、そんなことをすれば、税務署に膨大な負担がかかるのではないですか」

「その対策として、新たに全国統一の磁気コードのついた領収書を発行する機械を開発し、その利用を義務づけます。これなどは台湾などで既に実施され、成果をあげています」

男はメモ等を一切見ることなく、よどみなく記者団の質問に答えた。

そして、二時間ほど記者団からの質問が続くと、「今日は予定の時間を大幅にオーバーしましたので、この辺で記者会見を終了させていただきます」と口の大きな女性がアナウンスし、会見が終了した。

第1章　発見

「常識はさほど常識ではありません」

日曜、深夜。

片山亮《りょう》は部屋でベッドに寝そべりながら、ニュース番組を見ていた。狭く、まっ暗な部屋をテレビの明かりがうっすらと照らし出す。狭い部屋は机とベッドで占領され、残りのわずかなスペースは食べ残しのゴミや雑誌で埋め尽くされている。そして、無機質なコンクリート造りの部屋はカビ臭かった。

亮は中堅商社に勤める二十九歳。独身。

恋愛関係にあった女性も何人かいたが、亮が真剣になると、相手の女性たちは潮が引いていくかのように目の前から消え去っていった。亮はモテない理由を理解できないでいた。目鼻立ちがはっきりしていて、見た目はさほど悪くないと自負していた。これまでは運が悪かっただけなのだと自分に言い聞かせた。しかしそう思う半面、今のような単調な生活を送っていては女性と知り合う機会もなく、このまま一生独身で終わるかもしれないと思ったりもした。

亮は大学を二年留年し、二十四歳で大学を卒業以来、この中野のワンルーム・マンションで生活していた。計画ではとっくの昔に、もっと大きな家に引っ越しをしているはずだったが、給与は思い通りに上がらず、今の状態を受け入れる以外致し方なかった。

亮が時計にちらりと目をやると、すでに時計の針は夜の十二時を回っていた。

「また、明日から一週間、会社かぁ。十二時を過ぎたから、正確には今日からかぁ！」亮はふとつぶやいた。

亮は今日一日の出来事を思い返した。昼過ぎに目を覚まし、前日にコンビニで買っておいた梅干とおかかのおにぎりを食べた。その後、またひと眠りし、夕方に目を覚ますと、寝そべりながら雑誌を読み、七時になるとビール片手にテレビで野球観戦した。そして、そのままテレビを見続け、気がつくと深夜だった。

日曜日は毎週こんな感じだ。平日労働、休日睡眠。ただ生きながらえるために働いているようなものだ。仕事はやりがいもあり、つまらなくはないのだが、終わることのないラット・レースにあきらめにも似た絶望を感じていた。

亮はそんなことを考えると、現実から逃れたくなり、テレビのチャンネルを変えた。一時間以上チャンネルを変え続けたであろうか。毎度のことながら、どの番組もそんな現実から解放してはくれない。時間を無為に過ごしたという後悔の念と学習しない自分にいらついた。亮はやり場のない感情がこみ上げてくるのを感じた。それはまるで原子核が分裂し、中性子を放出し、その中性子が連鎖反応を起こし、臨界点に達するように、やり場のない感情が臨界点に達し、今にも亮の存在そのものを吹き飛ばしてしまうような感覚だ。

亮は気が狂いそうになり、狂犬のように雄叫《おたけ》びを上げると、ベッドから飛び起きた。そして、頭を両手で激しく掻《か》きむしると、その場に洋服を脱ぎ捨て、シャワールームへ向かった。カラスの行水よろしく、さっとシャワーを浴びると、トランクス一丁で洗面台の前に立った。鏡に映し出された自分は目がくぼみ、痩《や》せこけている。

亮はベッドへ向かった。今の亮には寝ること以外に何もすることがなさそうだった。

そして、ベッドに再び潜り込もうとした、まさにその瞬間、床に転がる一冊の本を彼の目が捉えた。

それは十年ほど前に書かれたもので、ネットワーク・ビジネスに関する本では既に古典中の古典とされ、業界の人たちからは『バイブル』と称されていた。以前読もうとした時にはなぜか見つからず、もらいっ放しになっていた。

亮はその本を拾い上げると、はらわたが煮えくりかえるのを感じた。

亮は知人からの紹介で、数か月前に「月収一千万円」を謳《うた》うネットワーク・ビジネスに登録した。登録したばかりのころは期待に胸を膨らませ、知人に手当たり次第に声をかけた。しかし、そこで得られたものといえば、あからさまな拒絶ばかりだった。おかげで、友人たちからは「ねずみ講野郎」と陰口され、多くの友人とはそれ以来連絡すら取れなくなってしまった。ネットワーク・ビジネスで自分の人生が変わると信じた自分の愚かさを恨んだ。

「きっと、いい加減なことばかり書いてあるにちがいない。こんな本があるから、騙《だま》される人間が増えるんだ！」

亮はそうつぶやくと、表紙をめくった。

『常識はさほど常識ではありません。

これはボルテールの有名な言葉です。この本を手に取っている方の中には、ネットワーク・ビジネスについて否定的な方もいらっしゃるかもしれません。もし、そういう方がいらっしゃいましたら、だまされたと思って、もう少しだけ読み進めてみてください。世の中、本当に革新的なことがなされた時、その多くがそれまで人類が持っていた先入観を打破して、成し遂げられてきたことはご存じかと思います。

わざわざ、例を出すのも失礼な話かもしれませんが、ライト兄弟が世界で初めて有人飛行に成功した理由を思い出してください。ライト兄弟が有人飛行に成功する以前は、人間が空を飛ぶ可能性を見出す人はほとんどいませんでした。それどころか、人間が空を飛ぼうという試みは、馬鹿げたことと思われ、一笑に付されていました。当然、ライト兄弟が空を飛ぼうとチャレンジしている間、隣人たちは彼らのことを頭のおかしい連中と考えていました。

しかし、彼らが偉大だったのは、そうした偏見やあざけりをはねのけ、自分たちの信念に基づき、チャレンジし続け、ついには成功した点にあります。そして、今日、彼らの強い信念のおかげで、われわれは飛行機を利用するという恩恵にあずかっているのです。ネットワーク・ビジネスにかかわる人の中には、ネットワーク・ビジネスの素晴らしさを信じ、それを普及させるために多くのあざけりと戦いながら、日夜、努力している人もいる、ということを理解していただけたらと、思います。

もう一度、言わせていただきます。常識はさほど常識ではありません』

亮は序文を読むうちに、思わずその内容に引き込まれていった。亮は本を読みながら、その本を渡された時、次のように紹介されたのを思い出した。

「この業界では伝説中の伝説と言われている人が書いたものだから絶対、読んでおいて。この本の内容をすべて実践する人はみな、月収が五年以内に最低七ケタを超えるようになると言われてるんだ」

亮は時が経つのも忘れて読みふけった。気がつくと空も白み始めていた。こんな経験は初めてだった。亮は本を読むのが苦手で、これまではいつも最後まで読みきらずに放り投げていた。

本の内容は非常にショッキングなもので、彼がネットワーク・ビジネスで行なったこととまるで正反対のことをするように勧めていた。そして、自分がまったくといってもいいほど、ネットワーク・ビジネスそのものや、その可能性について理解していなかったことに気づかされた。亮は、自分があまりに安易にネットワーク・ビジネスを始め、そして、挫折し、「ネットワーク・ビジネスなんていんちきだ」と吹聴して回ったことを恥じた。きっと自分みたいな人間がネットワーク・ビジネスのイメージを悪くしているに違いない。

〈もう一度、ネットワーク・ビジネスに挑戦してみよう！〉

『バイブル』を読み終えるころには、亮はそんな気分になっていた。

亮はその日、会社を欠勤することにした。なぜなら、その本の中で「人生を変えたければ、人生を変えたいと思ったその日から毎日の習慣を変えることです。毎日の習慣の積み重ねのうえに未来は存在します」と書かれていて、まったくその通りだと思ったからだ。

亮はその本の出版社の営業が開始される時間を今か今かと待ちわびた。

七時になった。営業がまだ始まっていないと分かっていながらも、亮は出版社に電話をかけた。当然、留守番電話のメッセージがただむなしく流れただけだった。

亮は興奮のあまり、昨晩一睡もしていないことなど、すっかり忘れていた。亮にとって、今日ほど今日が月曜日であることが嬉しく感じられることはなかった。今日が日曜日であったなら、もう一日待たなければならなかったからだ。

九時になった。亮はもう一度その出版社に電話をかけた。

「〇〇〇出版です」

〈やった！　つながった！〉亮は、はやる気持ちを抑えて用件を切り出した。

「御社で『バイブル』という本を出版してますよね。その件で質問がありますので、担当の部署におつなぎいただけますか？」

「失礼ですが、ご質問とはどのようなものでしょうか？」

「著者についてなんですけど！」

「著者についてどのようなご質問でしょうか？」

「著者の連絡先を教えていただきたいのですが」

「少々お待ちください……」

時間が非常に長く感じられた。

「申し訳ございませんが、著者の連絡先はお教えすることはできません」

「ど、どうしてですか？」

亮は動揺を隠せなかった。

「理由は申し上げられません。お手紙ならお預かりいたしますが……」

亮は仕方なく電話を切った。返事が来るかどうかも分からずに、待つなんてことは今の亮には到底できなかった。

しばらくすると、亮はその著者が某有名企業の社長であることを思い出した。先日も、雑誌に写真付きでそのプロフィールが紹介されていた。亮は本の著者プロフィールを読んで、初めてその顔と名前が一致したのだ。その著者は現在、不動産業から飲食業、出版業、その他多角的に事業を経営しており、財界でも有名人となりつつあった。

これまでの亮だったら、ちゅうちょしてしまうはずだが、意を決して、その会社に電話をしてみることにした。

「はい。アオヤマ・アンド・カンパニーです」

亮の心臓は早鐘を打った。

「青山社長におつなぎいただけますか？」

「失礼ですが、お名前をいただけますでしょうか？」

「○○商事の片山です」私用でかけている電話だったが、思わず亮は自分の勤める会社名を告げた。

「それでは社長室におつなぎいたします。少々お待ちください……」

「はい。社長室の白石です」

若い女性の声だった。そのトーンや穏やかな口調は一流企業のそれだった。

「わ、わ、た、た、たわし、片山と申します」

緊張のあまり「わたし」を間違えて「たわし」と言ってしまった。

「ふっふっ」電話口から笑い声が聞こえた。

「失礼ですが、どちらの片山様ですか？」

「〇〇商事の片山です」

「申し訳ございませんが、青山は打ち合わせ中につき、おつなぎすることはできません。メッセージをお残しになりますか？」

「青山社長が以前に書かれた本に感銘しまして、どうしても直接お会いしたいと思って電話しております」亮は必死に食らいついた。

「残念ながら、おつなぎすることはできません。コンタクト・リストに記載されている方のみをおつなぎするように指示されておりますので」

亮はがっかりしつつも、そこで電話を切った。亮はしばらく電話の前で呆然《ぼうぜん》としていたが、昨晩読んだ『バイブル』の中の一節を思い出していた。

『もし、幸運にも、目標とすべき尊敬できる人物を見つけたなら、余計な先入観に囚われずに、文字通り、その人物に近づくとよいでしょう。近づくためにはできる限りのことをすべきです。目標とする人物は一人である必要はありません。複数の人の良い点を組み合わせて、自分の理想とする人物をイメージするのです。そして、肌で、五感を通して、その人たちの良い点、すべてを吸収するのです。スポンジのように。喋り方。雰囲気。マナー。考え方。すべてを、です』

「会社も欠勤してしまったし、このまま引き下がるわけにはいかないぞ！」

そうつぶやくと、亮は直接、会社を訪問することにした。

その会社は都心の一等地に雄大にそびえ立っていた。大理石でできた白亜のギリシャ神殿のようなそのたたずまいは近寄り難い雰囲気をかもし出していた。その雄大で豪華なビルはみすぼらしい自分を見下ろしているようだった。

亮は恐る恐るビルの中に入った。床、天井、壁、すべてが白い大理石でできたロビーはシンとしている。亮はその豪華さに思わず息を呑《の》んだ。

亮はロビーに入ると、受付案内人と目を合わせないようにしながら、ビル案内の掲示板を探した。アポもなくビルに入ることに後ろめたさを感じていた亮は、今にも警備員につまみ出されるのではないかと冷や冷やした。社長室はそのビルの最上階にあった。

亮はエレベーターに乗り込んだ。エレベーターに乗っている時間が長く感じられた。エレベーターを降りると、目の前は広く長い廊下で、えんじ色のふかふかの絨毯《じゅうたん》が敷かれていた。廊下は外からの光が遮断されており、間接照明によって、うっすらと照らし出されている。えんじ色の絨毯はマホガニー調の大きなデスクへと続いている。そして、そのデスクだけにスポットライトが当てられており、先ほど電話に出たと思われる、ほっそりした女性が座っている。亮はデスクへと向かった。歩く度に、足が絨毯に吸い込まれる。亮は自分のいる場所を場違いに感じ、この場から引き返したくなった。廊下を歩きながら、手と足が一緒に出てしまうのではないかと心配になった。デスクに近づくと、亮はその社長秘書の清楚《せいそ》な美しさに思わず目を奪われた。その美しさにうっとりしていると、「ご用件は何でございますか？」と優しい声で先手を打たれた。とっさの質問に亮は慌てて答えた。

「か、片山と申します。しゃ、社長に面会に来ました」

女性は怪訝《けげん》そうな顔をした。

「お約束はいただいておりますでしょうか？」

「いいえ。ど、どうしても、お、お会いしたくて……、アポもなしに直接お邪魔させていただきました」

亮は額からじっとりした汗が流れるのを感じた。

「申し訳ございませんが、青山は多忙につき、今、お会いする時間がございません」

一瞬沈黙が訪れた。

「ただ、青山より、片山様よりお手紙を預かっておくようにと言付かっております」

「えっ？」

「お手紙はお持ちですよね？」

「はいっ！　で、でも、どうして？……」

予《あらかじ》め、会うことができなかった場合に備え、亮は手紙をしたためておいていた。

「だって、青山が書いた本をお読みになったんですよね？　タワシの片山さん！」と社長秘書は笑顔で答えた。

亮は青山の会社を出ると、まっすぐに帰宅した。そして、ゴミが散らかる床を踏み分け、ベッドに潜り込むと、『バイブル』を読み返した。ネットワーク・ビジネスの初歩的なポイントを頭に叩《たた》き込むためである。

『ネットワーク・ビジネスも普通のビジネスと同じ原則が当てはまります。ハイ・リスクをおかせば、ハイ・リターンが得られますし、ロー・リスクしかおかさなければ、ロー・リターンしか得られません。ネットワーク・ビジネスをノー・リスク・ハイ・リターンもしくはロー・リスク・ハイ・リターンと説明する人がいますが、間違ってもそんな説明をしないでください。人をミス・リードしてしまいます。ビジネスを行なうには、どこにリスクが存在するかを認識し、それを回避する必要があります。リスクの所在が分からずに、ビジネスをするのは、海図なしに航海に出るようなものです』

亮はこの文章にふれた時、頭をハンマーで叩かれた思いがした。なぜなら、亮もご多分にもれず、「ネットワーク・ビジネスはノー・リスク・ハイ・リターンです」と説明していたからだ。

『このビジネスで一番大きなリスク、それは自分の「信用」です。伝え方を間違えると、相手にねずみ講を紹介されたなどと思われてしまい、自分の信用を失いかねないのです。当然、伝えれば、伝えるほど、リスクは大きくなります。運が悪い場合には、「誰々さんはねずみ講を始めたから、近づかないほうがいいよ」などと共通の友人に吹聴されてしまいます。こういうことを一度、経験すると、通常はネットワーク・ビジネスを紹介するのが怖くなってしまいます。しかし、紹介しなくなるということは、自分の信用を失うリスクをとらないということですから、リスクがなくなる代わりに、当然リターンが得られなくなります』

まったくその通りだった。亮はリスクの所在が分からずに、声をかけまくった結果、多くの友人と、コンタクトが取れなくなっていた。そして、事実、もう次に声をかけるのが怖くなっていた。

『そこで大事なのが、いかにその恐怖心を克服して、紹介するというリスクをもう一度、とれるようになるか、なのです。そのためには、ネットワーク・ビジネスにおける二つの社会貢献、「会社の提供する商品やサービスの普及」と「ネットワーク・ビジネスそのものの普及」を実現するための知識を深める必要があるのです』

亮はここまで読み終えると、棚から本を取り出し、自分が取り扱う商品の勉強を始めた。亮は健康食品を販売するネットワーク・ビジネスに従事していた。

亮は、どういった点で、その商品が社会の役に立つのか、いい意味で差別化された点、セールス・ポイントをノートにまとめていった。そして、自分が扱う商品を普及させることの意義を、より深く理解しようと努めた。

また、亮は、摂りすぎによる弊害がないことを確認したうえで、自分が取り扱う健康食品の摂取量を今日からこれまでの倍に増やすことにした。正直言って、亮は自分が紹介している商品の良さを体で理解していなかった。

亮は「頭と体」の両方でその商品の良さを確認したかった。

通常、男性は頭で理解してから、女性の場合は体で理解してから、その商品を紹介するという行動に結びつくらしい。

そして、商品の勉強に飽きると、『バイブル』の続きを読み始めた。

『ネットワーク・ビジネスそのものについて、自信を持つにはまず、ネットワーク・ビジネスとねずみ講の違いを理解する必要があります。なぜネットワーク・ビジネスがねずみ講と勘違いされてしまうのかと言うと、一つにはほとんどの方がまず、ねずみ講がどういうものなのか、正確に把握していないからです。したがって、自分でその点を説明できるようになることが、この仕事をするうえで重要なポイントとなります』

確かに亮はその違いについて理解しているつもりではあったが、いざ自分で説明をしようとすると、いつも言葉をつまらせていた。亮はこの部分がこの仕事にかかわる意義の根幹につながる重要なポイントなので、自分で説明ができるように一文一文噛《か》みしめながら続きを読んだ。

『原始的なねずみ講は、商品やサービスが介在せず、金銭をネズミ算式に収集し、配当するスキームのことを言います。ここで、考えなければいけないのは、なぜ、ねずみ講がいけないのかという点です。「法律で禁止されているから、いけない」では答えになりません。法律も人間が定めている以上、絶対ではありません。事実、法律はどんどん変化します。

「被害者が出るからいけない」と回答される方もいます。確かにその通りですが、それだけでは十分な答えとはいえません。

例えば、自動車が販売されることによって、今日、毎日、大勢の方が自動車事故により亡くなっています。「被害者が出るから」という、ただそれだけの理由でねずみ講が違法だとするならば、自動車を製造、販売することも、結果、被害者を出してしまうので、違法行為ということになります。今日、人命が最も尊いものと言われながら、その尊い人命を奪っている自動車の販売がなぜ許されているのでしょうか。

物事には、常に、プラスとマイナスの両面が存在し、その時代の価値観に基づいて、法律はプラスの面を促進し、マイナス面を抑制するために制定されます。

自動車が製造、販売されることによって、われわれは利便性を享受しています。そして、車を所有することは豊かさの象徴にもなりました。しかしながら、もし、われわれの価値観が今とは少し違って、人命が何よりも大事で、効率だとか利便性といったものに価値を置かなかったならば、自動車の販売は今日、許されなかったはずです。

ただ、今後、技術がますます発達し、自動車を自動制御する時代になると、交通事故など起きなくなってしまい、死亡事故を起こすような車を製造した場合、メーカー側が損害賠償で訴えられる時代が来るかもしれません。そういった未来から現在を眺めると、死亡事故を引き起こす自動車が販売されているという今日の状況は、大変な違法行為が野放しにされているとと言えなくもありません。

常識はさほど常識ではありません。したがって、法律も絶対視しないでください』

この文章を読んだ時、亮は自動車の排気ガス規制のことを思い出した。昨今、排気ガス規制がどんどん厳しくなっている。恐らく、今よりずっと規制が厳しくなっている十年、二十年先の世界では走らせてはいけないような自動車を、われわれは今、運転しているのだ。ということは、十年、二十年先の世界から今を眺めると、みんな違法行為をしているのだ。

亮はそんなことを考えながら、続きを読んだ。


『では、なぜ、ねずみ講が違法とされているかと言うと、それは社会が、プラスの面が少なく、マイナス面が大きすぎると判断しているからです。金銭がねずみ算式に収集されて、再分配されても、お金の持ち主が替わるだけで、商品やサービスが普及するわけではないので、社会にとってプラスの面はほとんどありません。そして、ねずみ講に参加する人は、商品やサービスを受け取らないわけですから、自分の次にねずみ講に参加する人を見つけることができなければ、金銭を支出するだけで終わってしまいます。さらには、ねずみ講に参加する人を見つけようとする行為は貴重な人的資源の浪費と言えます。例えば、タクシーの運転手やウェイトレスがその労働時間を割いて、ねずみ講に参加する人を探すならば、その分、誰かがそれらのサービスを受けられなくなります。これは社会にとって、大きなマイナスです。要は、プラス面がほとんどなく、マイナス面ばかりなので、社会全体を考えて、違法行為としているのです。そして、ここで、あえて「ほとんど」と言ったのには理由があります。ねずみ講にも少しはプラスの面があるからです。そのことを理解してもらうには、宝くじを引き合いに出すと分かりやすいかもしれません。実は宝くじも、よくよく考えてみると、ねずみ講同様、金銭の再分配に他なりません。集金方法と分配方法が違うだけです。ねずみ講を宝くじのように夢を与えるものと捉えるならば、まったくプラスの面がないわけではないのです。

多くの人が、ねずみ講が違法だということは知っていても、それがどうしてなのかは知りません。ただ、ねずみ講はピラミッド状に組織が拡大することを知っていて、ネットワーク・ビジネスもピラミッド状に拡大するので、その類似点だけを見て、ネットワーク・ビジネスをねずみ講もどきと解釈する人も多いのです。でも、もし、ピラミッド状に組織が拡大するという理由で、ネットワーク・ビジネスが違法だというのなら、実は、この世の中から、流通や会社組織の多くは消えてなくなってしまいます。いまだに多くの商品が代理店や問屋を通して、ピラミッド状の組織を通して流通しています。

また、会社も社長を頂点に、取締役、部長、課長、平社員といったピラミッド組織です。そして、このピラミッド組織がどうして維持できるかというと、これは、毎年、毎年、新入社員を採用し、無限連鎖講的に組織の末端に配属していくからです。会社の存続は無限連鎖講的に新入社員を採用することを前提に存続が保証されています。採用をやめてしまうと、いずれその会社は倒産します』

亮は会社が無限連鎖講的という解釈に思わず、納得してしまった。

『では、今度はもう少し高度なねずみ講を考えてみたいと思います。例えば、市場での価値が千円しかないものをピラミッド状の組織形態で、一万円で購入する人を集め、九千円分余剰に集金し、その九千円分を再分配するものです。これは、本当は九千円を集金するねずみ講をしたいわけですが、それだと、すぐにねずみ講だとばれてしまうので、千円分の商品をつけてカムフラージュしているのです。千円の価値しかないものを一万円で売りつけることは、販売形式に関係なく、詐欺そのものです。こういったねずみ講が違法なのは、ピラミッド組織にて流通が発生するからではなく、市場価値とかけはなれた値段で売りつける詐欺であるからです』

亮は自分で説明できるように、この部分を何度も何度も読み返した。そして亮はネットワーク・ビジネスについての理解を深めるために続きを読んだ。

『また、今、日本でも大きく雇用形態が変化しつつありますが、私は、この変化の究極の形の一つとして、ネットワーク・ビジネスを捉えています。

これはどういうことかと言いますと、今日本でも、大きな流れとして、固定給を減らして、能力給重視の賃金体系へと移行しつつあります。そして、能力給重視の賃金体系への移行にともない、通勤の義務に以前ほど重きが置かれなくなってきています。売上げや利益が上がっていれば、通勤する、しない、はあまり重要視されず、お客さまの所に直行し、直帰してもかまわないという会社が増えてきています。要は在宅勤務の余地がどんどん広がってきています。

この時代の流れがさらに加速されると、どういう世の中になっているか、今、想像力を働かせて、時計の針を十年ほど進めてみてください。そうすると、どうでしょうか。このまま固定給がどんどん減って、能力給がより重要視されてくると、十年もすると、「うちの会社は固定給を払いません。能力給のみで賃金をお支払いします」という会社が、今より増えているかと思われます。そして、今後ますます在宅勤務の余地が拡大すると、「うちの会社は通勤の義務はありません。在宅勤務だけでも結構です」という会社が、今よりは増えていると思われます。

ネットワーク・ビジネスは、この両方の流れを究極に推し進めた形だと解釈できます。ネットワーク・ビジネスにおいては、固定給は支払われません。固定給を得る代わりに、売上げの拡大に応じて収入を得ます。通勤の義務もありません。義務を設ける代わりに、マーケティング・プランによって、人事規定、給与規定を明確に定めて、働く人のインセンティブ作りを行なっています。

要は固定給をなくして、能力給のみで賃金をお支払いし、通勤の義務をなくして、在宅で働ける、新しい労働形態としてネットワーク・ビジネスを捉えることができます。

したがって、ネットワーク・ビジネスを始める時は、会社のディストリビューターとなる契約を結ぶわけですが、もし、自分がディストリビューターとなった場合は、通勤の義務のないバーチャル（仮想現実）・カンパニーの営業担当になったとイメージしてみてください。

そして、自分自身で、そのバーチャル・カンパニーに入社する後輩をリクルートし、販売組織を構築していくのです。例えば、自分の紹介で、誰かがディストリビューター契約したなら、その人を自分の一段目と呼ぶのではなく、一期生後輩としてイメージしてください。一期生後輩が同じように、誰かをリクルートしてきたら、その人を自分の二期生後輩としてイメージしてください。二期生後輩が三期生後輩をリクルートして、という形で組織が拡大します。その構築した組織の大きさや販売力に応じて、地位や収入が決定するのです。

ただし、バーチャル・カンパニーと呼んだからといって、通勤する場所がないわけではありません。通勤したい人は、主催会社の営業所に毎日通勤してもかまいませんし、通勤したくない人は、在宅のままでも結構ですし、お客さまの所へ直行して、直帰してもかまいません。

要はネットワーク・ビジネスにおいては、収入は自分の働きに応じて支払われ、通勤先は毎日自分で決めるということです。

また、主催会社サイドから見れば、ネットワーク・ビジネスは営業部門をアウトソーシングした一つの企業形態と言えます。通常の会社のように会社内部にピラミッドを作るのではなく、会社の外にピラミッドを構築するのです。

通常の会社は人事部が新入社員をリクルートしますが、ネットワーク・ビジネスにおいてはディストリビューター全員にリクルート権を渡し、彼らがピラミッド組織を構築するのです。そして、主催会社は固定給を払う必要がないので、大勢を営業として採用できますし、首を切る必要もありません。ネットワーク・ビジネスは、会社側が製造とマーケティングに専念できる仕組みなのです』

亮はネットワーク・ビジネスにおいて、ディストリビューターはバーチャル・カンパニーの営業担当者であり、会社の外にバーチャルに営業組織を構築するという捉え方に新鮮さを覚えた。そして、その発想に感動しながら続きを読んだ。

『したがって、働く人のメリットは、人事規定、給与規定が明確で、完全にディスクローズされていますので、学歴、年齢、性別といったもので差別されることがまったくありません。誰にでも公平にチャンスが開かれています。頑張れば、頑張った分だけ収入が得られます。その代わり、自分のグループの売上げが上がらない人は、いつまでたっても給与が増えません。仕組みが平等な分、結果には差が出ます。よくネットワーク・ビジネスは早いもの勝ちと批判する人がいますが、組織を拡大し、売上げを拡大していかなければ、ただ、登録が早いだけでは収入は増えません。年功序列を採用している会社こそ、入社年次の早い人ほど給与が高く、優遇されます』

亮はこの部分に特に共感を覚えた。ただ単に通勤しているだけとしか思えないような上司が、自分より多い給料をもらっていることに、何かしっくりこないものを感じていたからだ。ひと昔前なら、自分も将来、同じ思いができるであろうということが、せめてもの救いだったが、今後、能力給が重視されるようになると、一番、割を食うのは自分の世代や三十代、四十代だと思った。

また、別の見方をすると、ネットワーク・ビジネスもきちんと、活動を続けてさえいれば、徐々に後輩が増えてきて、年功序列を採用している会社のように、遅かれ、早かれ、収入が増えていくことも想像できた。そんな想像に胸を膨らませながら、亮は続きを読んだ。

『そして、ネットワーク・ビジネスのメリットをお話しさせていただくと、ディストリビューターに定年退職がないことが挙げられます。自分が確立したビジネスに対して、オーナーシップが持てます。ストックオプション等を用意していない通常の企業においては、退職したり、一方的に会社から首にされると、ほんの少しの退職金を見返りとして、半ば強制的に、それまでに自分が創ったビジネスの権利を取り上げられてしまいます。このオーナーシップが持てるということは、ネットワーク・ビジネスにおいては大きなメリットです。ネットワーク・ビジネスの会社の中には、「インディペンデント・ディストリビューター」と呼ぶ代わりに、「インディペンデント・ビジネス・オーナー」と呼ぶ会社も存在するくらいです。

日本のサラリーマンは通常オーナーシップを持てないので、私は、将来、歴史の授業で、今のサラリーマンのことを小作人のような存在として、教えているのではないかと予想しています。こういう言い方をすると、気分を害される人も多いかと思いますが、ここで、なぜあえてそう言わせていただいたかと言いますと、そういった一面もあるということを理解していただきたいからです。

小作人は地主から農地を借りて、その土地を耕して、収穫した農作物を地主に上納し、その一部を譲り受け、生活の糧にしました。サラリーマンは、農地を借りる代わりに、企業から机やいす、のれんを借ります。小作人が毎日、土地を耕す代わりに、サラリーマンは毎日、通勤して、机の上でビジネスを耕します。そして、小作人が農地のオーナーでなかったように、サラリーマンは企業のオーナーではないのです。時代が移り変わり、スタイルが変わっただけで、本質は一緒です』

亮もこの部分の説明を読んだ時、ご多分にもれず、ムッとしたが、よくよく考えてみるとその通りだと思った。自分が最初、ムッとしたのは、本質をつかれたからだった。まったく根拠がなければ、ムッとしなかったはずである。

そして、亮は先を読み進めた。

『次にネットワーク・ビジネスが理論的に資本効率のいい仕組みであることを説明します。

例えば、誰かが、ある会社に入社すると、通常、会社側がその人が働くためのスペースや、机、いす、電話等を用意します。ところが、誰かが、ネットワーク・ビジネスを採用する会社のディストリビューター契約をした場合は、会社側から、その人のために、働くためのスペースや、机、いす、電話が提供されるわけではなく、自宅にある、机、いす、電話を利用することになります。ネットワーク・ビジネスの仕組みは元からある、これらの資本を有効活用し、無駄な経費の発生を抑えます。

また、通常の企業は、営業部門と間接部門の割合が七対三、もしくは六対四くらいといわれています。ネットワーク・ビジネスを採用している会社の場合、通常、間接部門の割合はゼロといってもいいくらい、間接部門は小さいです。例えば、人事部もそれほど大きなものは必要ありません。採用はそれぞれのディストリビューターが行ないますし、人事評価はコンピューターが行ないます。総務的な仕事は各ディストリビューターが自分で行ないます。

ネットワーク・ビジネスの仕組みは間接部門を小さくする効率的な仕組みです。

また、会社経営において、資本効率を最も上げるには、社員一人ひとりがコスト意識を持って、余計な経費を削減しようと心がけることが重要と言われます。しかしながら、通常の企業では、これは非常に難しい問題です。なぜなら、多くの社員が、会社のお金を使えるだけ、使いたいと考えているからです。誰かが、おいしい高級料理店で接待したと聞けば、必要もないのに、自分も同じようなところで接待しようと考えます。高速道路やタクシーを利用する必要がなくても、会社の経費で落ちると分かれば、利用したくなるのが人の常です。

ところが、ネットワーク・ビジネスにかかわる人はこういった費用を、電話代も含め、自分で支払わなければならないので、できるかぎり節約しようと考えます。一人ひとりが会社のお金をできるかぎり使おうとするインセンティブがはたらく通常の仕組みと、一人ひとりが工夫をして、節約しようとするネットワーク・ビジネスの仕組みとでは、資本効率の面で明らかな差が出ます。

ネットワーク・ビジネスが効率的なのは、広告宣伝費を抑えるからではなく、こういった理由からなのです。「ネットワーク・ビジネスは広告宣伝費を抑えることによって、無駄な経費を削減して、口コミの力で良い商品をより安く広める仕組み」と説明される方がいますが、これは、自分で自分の首を絞めるような行為です。こういったことが当てはまるのは、会社の売上げが小さい初期のころのみです。売上げが大きくなると、「信用」を売るコストはマス媒体を利用したほうが、口コミによるよりも一般的には効率的であり、結果、商品を安く供給できます。

そして、社会生活を営むうえで、一番の基盤となっているものは、この「信用」です。個人で生きていくのではなく、集団で社会生活を営むためには、その集団生活をする相手との関係において、「信頼」関係が確立されていなければなりません。相手が人を騙したり、物を盗んだりするような「信用」できない人であった場合、その人と一緒に社会生活を営むことはできません。みなさんが銀行にお金を預けることができるのは、その銀行を信用しているからであり、スーパーで無名ブランドの商品を購入できるのは、そのスーパーを信用しているからです。

また、紙幣もなぜ、もともとはただの紙きれにすぎないものが、紙きれではなく、お金として機能するかというと、それは、社会がその紙きれをお金として利用できると「信用」しているからです。この社会は「信用」のうえに成り立っています。

まず、はじめに「信用」ありき、です。「信用」の重要性はいくら強調してもしすぎることはありません。

ところが、ネットワーク・ビジネスを採用している会社の多くは、広告に力を入れておりませんので、その会社および商品に「信用」がありません。さらには、ネットワーク・ビジネスそのものにも一般には「信用」がありません。

実は、これこそが、ネットワーク・ビジネスの一番の弱点であり、非効率にしている最大の原因です。「信用」がないがゆえに、相手に理解してもらうためにコストがかかってしまうのです。

したがって、私個人としては、今後はネットワーク・ビジネスを採用している会社もどんどん広告を行ない、会社および商品の信用を売っていく必要があると考えています。そうすることによって、ネットワーク・ビジネスはさらに効率的になると考えます。

資本主義においては、資本効率を高めることが一大テーマであり、資本主義の歴史は、基本的には資本効率のより良い企業が存続してきた歴史でもあります。したがって、多くの人々の持つネットワーク・ビジネスに対するネガティブなイメージを払拭し、理論上のみならず、現実的にも、ネットワーク・ビジネスが効率的になるように努力することは、大変、社会的意義のある行為と考えています』

亮にとっては難しい話が続いたが、一文、一文、噛みしめるようにこの部分を二度、三度、読み返した。そして、亮はいつの間にか眠りこんでいた。

次の土曜の午前中、亮は自分がたずさわるネットワーク・ビジネスの会社を訪問した。これが亮にとって初めての会社見学だった。予想以上にしっかりした本社ビルだった。お客さまカウンターやコール・センターを実際に目の当たりにすると、当たり前の話だが、本当に会社が存在し、運営されているのが確認できて安心した。『バイブル』には、自分のダウンライン（自分から始まる紹介者の系列）の中で、ただ単に商品の愛用者としてではなく、仕事として取り組んでほしい人とは、必ず、会社訪問を一緒にするようにとあった。

『会社見学はネットワーク・ビジネスにおいて実に重要な役割を果たします。まず、会社を実際に見ることでリアリティがわき、安心して、仕事として取り組めるようになります。このリアリティ、現実感を、自分も含め、グループの人に持ってもらうことがネットワーク・ビジネスにおいては重要です。

また、一緒に仕事をする人と会社見学をすることで、グループの人とコミュニケーションを深める機会を持て、グループ間の結びつきを強めることができます。

「ネットワーク・ビジネスはコミュニケーション・ビジネス」という言葉をよく耳にしますが、この言葉の意味を真に理解し、行動に結びつけている人はきわめて稀です。

「ネットワーク・ビジネス」という言葉は強い人間関係の結びつきによって、成り立っているビジネスであるようなイメージを与えてしまいますが、実際には、紹介者を除くと、その他の関係はきわめてバーチャルな、書類一枚で結びつけられている希薄な関係のうえに成り立つ、顔の見えないビジネスです。そこに、このビジネスの一つの罠がひそんでいます。

自分、もしくはグループの人が会社と離れた所に住んでいて、飛行機を利用する必要があったとしても、会社見学をグループの人と一緒に行なってください。むしろ、飛行機を利用する必要がある場合のほうが、コミュニケーションをとる時間が増え、実は好都合です。会社と離れた場所に住んでいる人はグループでツアーを組んで、会社見学とあわせて、一泊研修を行なうことをお勧めします。その時は、ぜひ、アップライン（会社から始まって、自分の紹介者までの系列）も含めて、なるべく多くの方に参加してもらってください。これは効果絶大です。

コミュニケーションをとる機会を意識的に作り、人間関係を深めることで、グループ間の情報の伝達量が圧倒的に増え、一緒に働く人の顔が見えるようになり、リアリティが出てきます。ネットワーク・ビジネスは、バーチャルであるがゆえに、このリアリティ、現実感を作る作業が非常に大切です。広告でなぜ、有名人を起用するかというと、そうすることで、消費者にその商品の顔が見え、リアリティが出て、信用が生まれるからです』

亮が会社見学をひと通り終え、ロビーのソファに座っていると、亮のアップラインの面々が次々と登場した。亮はアップラインに電話して、今日、三人のアップラインに集まってもらった。「顔が見える」ようにするためだ。亮は自ら、アップラインを一人ずつたどって電話したのだ。亮の直接の紹介者であるリクルーターを除けば、他は初対面だった。その中には二万人以上の組織を持つ成功者も含まれていた。その人は、亮の八期生先輩、ネットワーク・ビジネス用語を使えば、八段アップで、この道十年のベテランだった。名前は小松雄二と言い、年齢は四十半ばくらいの人だった。背が高く、誠実さが顔からにじみ出ていた。もう一人が鈴木洋子。小松の直のダウンラインである。笑顔のかわいい女性で、顔がやたらと小さく、さりげなくブランド品を身につけていた。そして、自分のリクルーター、石田健。健は昔の遊び友達で、彼と実際に会うのは五年ぶりだった。健にとっても、今日が小松と洋子と初対面だった。健は亮以外、まだ誰もリクルートできていなかった。健と洋子の間には、組織上五人がアップラインとして存在するが、五人とも、もう既に活動をしていないという理由で来なかった。

ひと通り型通りの挨拶《あいさつ》が終わると、一行は近くのレストランに場所を移し、昼食をとることにした。オープン・テラスのレストランで、白いテーブルクロスが目に眩《まぶ》しかった。亮がコーヒーにサンドウィッチを注文すると、小松と洋子も右へ倣《なら》えで、同じものを注文した。健だけがカプチーノとパスタを注文した。

食事も終わりに近づき、何から質問をしたらよいか悩んでいると、小松がコーヒーをすすりながら、話を切り出した。

「聞きたいことがあったら、何でも聞いて！」

「聞きたいことが多くて、どこから始めたらよいか分からないんです。逆に、小松さんから、何かアドバイスはないでしょうか？」

しばしの沈黙の後、小松が口を開いた。

「僕からの一番のアドバイスは、とにかく、失敗を恐れないで、どんどん行動すること。成功している人は、その分、失敗も多いということです。ただ、本人は失敗と思ってない人がほとんどだとは思いますがね。失敗ではなく、うまくいかない方法のデータを収集している感覚ですね。私なんかも、人通りの多い駅の広場で、毎日、百人に名刺を渡すことを義務づけたりした時もありましたよ。結局、一人もリクルートできなかったけどね。本屋でビジネス書を読んでる人に声をかけたりとか、いろいろやりましたよ」

小松がそう言うと、洋子が話に割り込んできた。

「そうそう。私もいろいろやったわ。最初、みんなに断られてね。もう、誘うのが怖くなったわ。そしたら、小松さんに言われたの。まずは、百人に断られるのを目標にしろって。リクルートしようとするから怖いんだってね」

「そう。リクルートすることに執着しちゃいけないんだ。執着すると、断られるのが辛いだろ。説得しようとするのではなく、興味を持つ人を探すんだ。自分のために相手をリクルートするのではなく、この商品や仕事が相手のためになる人を探すんだ。自分が主ではなく、相手を主にするんだ」

「自分を主ではなく、相手を主にするんですか？」

亮は小松の言葉を繰り返した。

「そう。説得するのではなく、納得する人を見つけるの。まずはリサーチする仕事なんだって理解してね。だから、古い友人に連絡して、いきなり仕事の話をしちゃだめよ。相手の状況を聞きまくるの。そして、その日はそれでおしまい。そして、会話の中で、『今の仕事に満足してないんだ』なんて言う人がいたら、しばらくしてから、その人を説明会に呼ぶの。『あなた、仕事に満足してないって言ってたわよね。面白い話、見つけたわよ』ってね。説明会に呼ぶのが難しかったら、誰か説明の上手な人と相手先を訪問して、その人に説明してもらってね。最初は自分で説明しちゃだめよ！」

「どうしてですか？」と健がここで初めて口を挟んだ。健は亮の時も含め、いつも自分で説明していた。

「それは、このビジネスが確率のゲームだからだよ。表現が悪いけどね」と小松は答えた。

「どういうことですか？」

健の質問に小松が答えた。

「例えば、A、B、二つの会場で、毎月一回、この仕事の説明会が行なわれてるとするよ。そして、Aの説明会に参加すると、そのうち、三〇パーセントの人が仕事として始めたくなるような説明をしてたとする。Bの説明会に参加すると、そのうち、五〇パーセントの人が仕事として始めたくなるような説明をしてたとするよ。そして、今、健さんのグループが十人いたと仮定して、来月から一人ずつ、説明会場Aに人を連れて行くと、来月には健さんのグループ人数は何人になる？」

小松はテーブルの上にあった紙ナプキンに、何か表のようなものを書きながら、説明をした。

「十人が説明会に参加して、三〇パーセントの確率で登録すると、三人が新規で登録することになりますから、元からいた十人に加えて十三人になります」

「その通り！」

そう言うと、小松は表に数字を書き込んだ。

「では、説明会場Aに、健さんのグループの人が、その後も月に一人ずつ連れていくということを、あと二十三回、すなわちトータル二年間続けると、健さんのグループ人数は何人に

確率	最初の人数	1か月目	2か月目	…
A 30%	10人	13人		
B 50%	10人			

なると思う？　イメージで答えて！」

「月に一人をお連れするんですよね。それを二十四回繰り返すと、そうですね、二百人くらいですか？」

小松は健の答えを聞くと、ニヤっとして答えた。

「五千四百三十人になるんだよ」

「ええっ、本当ですか？」

健は予想外の数字の大きさにびっくりしていた。

「それでは、今度は説明会場Bに、同じく、毎月、健さんのグループの人全員が、来月から一人ずつ、人を連れて行くということを二年間続けると、健さんのグループ人数は何人になると思う？　さっきのケースとやることはほとんど同じ。違いは説明会場Aに行くか、説明会場Bに行くかの違いだけ！」

「三〇パーセントの場合が五千四百三十人ですから、五〇パーセントの場合は……、一万人くらいですか？」

「いいや。思い切ってもっと大きな数字を挙げてみて！」

健はしばらく考え込むと、答えた。

「じゃあ、五万人くらいですか？」

「実は約十七万人になるんだ」

「ええーっ？」健のリアクションがさらに大きくなった。

「本当なんだよ。意外でしょ。自分で後で計算してみて。じゃあ、今度は説明会場Cというのがあって、そこで説明を聞いたほうの登録率が一〇パーセントだとする。さきほどと同じことを二年間行なうとどうなると思う？」

「三〇パーセントの場合が五千四百三十人だから、一〇パーセントだと、十人からスタートすると……、千人くらいですか？」

「いいや。百人にもならないんだ。計算上は九十八人になる。したがって、健さんが、今日からこの仕事を始めたと仮定して、毎月一人ずつ、一〇パーセントの確率の説明会に二年間連れて行ったとしても、十人のグループが作れないんだ。十人からスタートしたと仮定した

確率	最初の人数	1か月目	2か月目	…	24か月後
A 30%	10人	13人	17人	…	5,430人
B 50%	10人	15人	23人	…	170,000人
C 10%	10人	11人	12人	…	98人

場合が九十八人だから、今日一人から始める場合は、その十分の一の九・八人になってしまうんだ」

「本当ですか？……」健は驚きを隠せないようだった。

「月に一人を説明会場に連れて行くという同じ作業をしていても、お連れする会場が違うだけで、一万七千人のグループを作る人もいれば、十人のグループしか作れない人もいるということなんだ。もっと正確に言えば、説明会場Bを利用しているグループの人たちはグループがどんどん拡大するので、人を説明会場に連れて行くという作業はそんなに苦にはならないけど、説明会場Cに人をお連れしているグループの人たちは、いくら人を説明会場に連れて行ってもグループが拡大しないので、みんな、人をお連れするのが嫌になっちゃうんだ。したがって、そういう面から捉えるならば、説明会場Bを利用している人は、説明会場Cを利用している人が十人のグループを作るのより容易に、一万七千人のグループを作ることができるんだ。ただ、実際にはその他の要素も加わるから、そんなに単純な話じゃないけどね！」

健は小松が表に記入した数字を眺めながら、ただ呆然としていた。

ここで、亮が口を挟んだ。

「健！　お前、『バイブル』、読んでないんだな。それに書いてあるじゃないか！　人に読めって言っておきながら！」

「あっ、ばれた？」

一同笑いが起きた。しばらくして笑いが収まると、洋子が話を始めた。

「とにかく、このビジネスは、複利のビジネスだから、確率が重要なの。株式投資と一緒よ。自分でどの株を買ったらいいか分からない時、ファンドにお金を預けたりするでしょ。その時、あなた、予想利回りの高いところにお金を預けるでしょ。いくら、大金を投資したところで、運用利回りがマイナスのところに預けても、お金は増えないでしょ。株式投資の場合はあなたのお金を投資するわけだけど、ネットワーク・ビジネスの場合はあなたの人脈、信用を投資するわけ。その信用が効率的に増えるかどうかは、説明の仕方にかかっているわけ。

自分で説明するより、誰かに頼んだほうが、確率が高い場合はその人に頼むのよ。確率イコールこのビジネスでの利回りなの。自慢じゃないけど、私、いまだに自分で説明したことないの。ぜ〜んぶ、小松さんに頼んでるの。それでも、四千人のグループが作れたわ」

亮は洋子の説明に納得すると同時に、四千人という数字を聞いて、洋子をうらやましく思った。そんな亮をよそに、小松は話を続けた。

「預金する時、金利、気にするよね。預金する時は一パーセント利回りが大きいだけで大喜びするのに、ネットワーク・ビジネスの場合はみんな、こういう説明をしても、自分で説明してしまうんだ。最初から。預金の場合は、年一回の複利だけど、このビジネスの場合は、説明を聞く人の人数分だけ、複利がはたらくんだ。

したがって、ほんの少しの利回りの差が、結果、すごい差を生むんだ。確率の高いやり方を確立して、それから声をかける人の量を追求するんだ。まず初めに、『質』ありき。それから『量』を追求するんだ。質の追求の結果として、量はついてくる。ところが、みんな逆になってしまうんだ。わけも分からないうちに、みんなに声をかけて撃沈してしまうんだ」

「あともう一つ、付け加えさせてちょうだい」と洋子が言った。

「このビジネスは、あなたが、最初にどういう風に誘うかで、その誘われた人の将来を決定してしまうの。あなたが、一〇パーセントの確率で興味づけできる説明の仕方で、ある人を誘ったとして、その人がこの仕事を始めたとするわ。そうすると、その人はあなたの話を聞いて、この仕事を始めるわけだから、自分が興味を持った話を他の人も同様に興味を持つと思うわけ。すると、その人もあなたから聞いた一〇パーセントの確率で興味づけできる説明を次の人にするわ。そうすると、どうなるかというと、また次に参加する人も、一〇パーセントの確率で興味づけできる話を伝える確率が高いの。要は、あなたの最初の誘い方が、その人のグループの基本利回りを決定してしまうの。五〇パーセントの確率で興味づけできる誘い方で、その人を誘えば、その人のグループ利回りは五〇パーセントになるの。だから、慌てて、自分で説明してはいけないの。急がば回れよ。覚えておいて。最初は小松さんの説明会に人をお連れすることを勧めるわ」

そう言って、洋子は小松の説明会の予定表を健と亮に配ると、小松のウェブサイトのアドレスを教えてくれた。今後は自分でそのサイトにアクセスして、セミナー情報を取り出すように言われた。さらに会社のウェブサイトのアドレスを教えてくれた。そして、洋子に必ず、この二つのアドレスをグループの人に連絡するよう念を押された。

「相手の立場に立つこと。ついつい、自分さえ情報を手に入れると安心しちゃう人が多いの。自分の持っている情報をグループの人にできる限り伝えること。この仕事は、グループの人といかに情報を共有できるかが大事なの。繰り返すけど、情報をせき止めないでね！」

翌日曜日。亮はお昼過ぎに目を覚ますと、コンビニに向かった。引き続き天気は良好で、散歩にうってつけの日よりだった。途中郵便局に寄って、昨晩書いた手紙を投函した。亮は青山の会社を訪問して以来、ほとんど毎日、青山に手紙を送っていた。亮はどうしても、青山と会いたかった。そして、できることなら自分の師匠になってもらいたかった。しかしながら、青山からの連絡はないままだった。

亮はコンビニでおにぎりを購入し、近くの公園で昼食を済ませると、家に戻り、小学校、中学校、高校、大学時代の名簿を押し入れの中から引っ張り出した。そして、机に向かって、リストアップを始めた。手持ちの名刺も机の上に広げた。学校の同級生、先輩、後輩、親戚、隣近所、よく出入りするお店の店員から、ありとあらゆる知人の名前をリストアップした。結局、三百人以上、リストアップすることができた。『バイブル』に、自分の年齢を四捨五入して、その数字の十倍、すなわち、二十歳なら二百人、三十歳なら三百人を目安にリストアップするように書かれていた。

亮は正直びっくりした。初め、三百人をリストアップする必要性を知った時、そんなに多くリストアップすることなんて到底、自分にはできないと思った。しかし、実際にやってみて初めて分かったのだが、書く作業を行なうことで、次から次へと名前が浮かぶのだ。

青山は著書の中で、この最も重要なリストアップを実際に行なう人が少ないと嘆いていた。そして、リストアップを終えると、それらの名前をノートに六つのカテゴリーに分類した。これは青山がネットワーク・ビジネスを成功させるうえで必要と考えるメンバー構成である。

1、その人の給料を自分が払ってでも一緒に仕事をしたい人。自分が事業を興す時、必ず声をかける人。――キーワードは『パートナー』

2、プレゼンテーションの上手な人。――キーワードは『プレゼン』

3、行動力のある人。熱意のある人。時間にゆとりのある人。主婦などフルタイムでネットワーク・ビジネスに取り組む可能性のある人。――キーワードは『行動力』

4、社会的に信用のある人。弁護士、会計士、銀行マンなど。人望が厚い人。見るからに誠実な人。――キーワードは『信用』

5、とびっきり明るい人。ムードメーカーとなれる人。花のある人。集客力のある人。――キーワードは『スター』

6、その他。

項目が重複する場合は、当てはまるカテゴリーすべてに名前を記入した。『バイブル』では、まず、この六つの項目すべてが揃うようにチームを作っていくようにアドバイスしていた。その理由を桃太郎の話を例にこう説明している。

『桃太郎がなぜ、鬼退治に成功したかというと、そのために必要なメンバーを事前に揃えていたからです。

メンバー全員が桃太郎であっても、犬であっても、雉であっても、猿であっても、鬼退治はできなかったのです。桃太郎、犬、雉、猿の四者が揃って、それぞれが、それぞれの役割を果たしたから、鬼退治に成功したのです。

事業やネットワーク・ビジネスも同じで、大きなことを成し遂げるには、それ相応の人材が必要になります。大事なのは「お客探しではなく、パートナー探し」です。

したがって、ネットワーク・ビジネスはよくデュープリケーション（複製）・ビジネスと言われますが、ここで勘違いしないでください。みんながみんな桃太郎になろうと努力をするのではなく、自分の個性に合った役割分担をすればよいのです。プレゼンテーションが苦手な人は、プレゼンテーションの上手な人にプレゼンしてもらえるように環境を整え、人を説明会に呼ぶのが上手な人は呼ぶことに専念すればよい環境を作るのです。

自分にとって必要な人材をイメージし、自分のグループの中に色々な役者が揃うように努めてください』

　翌月曜日。亮は普段より一時間早く出社した。いつもより早く帰宅するためである。亮は九時には帰宅し、友人と会う約束を取りつけたかったのだ。というのは、『月九』といって、月曜九時からのテレビ番組は視聴率の高い時間帯であり、電話のつながりやすい時間帯だからだ。しかも、みんな早く電話を切り上げて、テレビに戻りたいので、比較的、短時間でアポが取れる。

　亮は九時少し過ぎに帰宅すると、そのままの格好で机の前に座り、早速、昨日作ったリストを元にアポ取りの電話をかけ始めた。

「もしもし、大介？」

「ああ」

「オレ、亮！　オレさぁ、うわさで聞いてると思うけど、ネットワーク・ビジネス始めたんだ！」

「…………」

「おまえ、ネットワーク・ビジネスって嫌いだろ？」

「…………」

「オレも嫌いだったから、分かるんだけどさあ！　おまえにネットワーク・ビジネスをやってくれとは言わないから、誰かネットワーク・ビジネス経験者、紹介してくれないか？　おまえ、誰かに誘われたことあるだろ？　もしくは、ネットワーク・ビジネス経験者、知ってるだろ！　晩飯くらいご馳走するからさあ！」

「しょうがねえなあ！」

「もしもし、たけし？　オレ、亮。久しぶり！　元気？」

「おおっ！　久しぶり！　どうしたんだよ、急に！　電話なんてくれて！」

「いやあ、急に、たけしのこと、思い出しちゃって！　近況報告を兼ねて、近々、飲みにいかないか？」

「ああ、いいねえ！」

「じゃあ、いつにする？」

「もしもし、山本先輩ですか？　亮です！」

「おおっ！　亮か？　元気そうだな！」

「はい！　おかげさまで！」

「今日は何の用だ？」

「実は私、先輩に、ぜひ、相談に乗ってもらいたいことがありまして、お電話させていただいております！」

「何の相談だ？」

「それは大事な話なので、会っていただいて、その時にじっくり、聞いていただきたいんです。お忙しいかと存じますが、お時間いただけますでしょうか？」

「そうか！　分かった！」


亮は『バイブル』のアドバイス通りに、どんどんアポを取っていった。こんなに簡単にアポが取れるなんてまったく信じられなかった。以前は、携帯電話を握るだけで緊張した自分が嘘のようだった。とにかくあせりすぎていたのだ。あせりすぎるあまり、力んでしまって、かえって電話ひとつできなくなってしまっていた。大事な話は会って、時間をかけてするものだ。『バイブル』のアドバイス通り、一回目のアポはリサーチに終始すると思ったら気が楽になった。『ネットワーク・ビジネスはリサーチに始まりリサーチに終わる』のだ。

結局、その日、十七件電話して、つながったのが九件、内、四件のアポが取れた。『バイブル』によると、『月九』の一時間で十以上のアポを取る強者《つわもの》もいるらしい。

夜も十一時を回り、電話をかけるには遅すぎる時間帯になると、亮は自分が取り扱う商品の勉強を始めた。

亮は通常よりも早く出社し、その分、早く帰宅してアポ取りし、その後、商品の勉強をするという生活をさらに四日間続け、五日間でトータル十四件のアポが取れた。

『この仕事はリサーチに始まって、リサーチに終わると言っても過言ではありません。ネットワーク・ビジネスを人に勧めるに際しては、できるだけ事前に相手のリサーチを行なってからすることをお勧めします。

例えば、みなさんが植物の種を持っていて、その種をできるだけ多く実らせるように注文されたとします。みなさんだったら、まず、どのような行動を取りますか。いきなり、その種を辺り構わず、植えてしまうでしょうか。私だったら、まず初めにできる限り、与えられた種に関する情報を得ようとリサーチします。そして、いつ、どのようなタイミングで、どのような環境に種を植えるべきかをリサーチします。

　同じように、自分がビジネスを始めるにあたっては、まずはそのビジネスがどういうもので、どういう可能性のあるビジネスなのかを念入りにリサーチします。次に、そのビジネスを誰に伝えるべきかを考えます。要はビジネスの種をどこに植えるべきかを考えます。知人が百人いるなら、まず、その人たちの状況、すなわち、土壌を調べます。この土壌のリサーチを徹底すればするほど、相手の立場になって考えることができ、相手に役立つ提案が可能になります。自分が取り扱っている商品は相手が必要とするものなのか、今の仕事に満足しているのか、将来の夢は何か、勧めるタイミングは今が正しいのか、ネットワーク・ビジネスに対するイメージはどういうものなのか、などなど商品や仕事を勧めるうえで、断られるかもしれない理由、リスクを把握します。

　次に土壌のリサーチがひと通り終了したら、どのように土壌を事前に耕しておいたら、芽が出る可能性が高まるか、どうしたら断られるリスクを減らせるのかを考えます。相手から断られるリスクを減らす作業が「耕す」ということになります。

　例えば、硬い荒れた土地に種を植えて、水をまいても芽は出ません。なぜなら、水は土中に吸収されていかないからです。同じように、相手と自分の関係において信頼関係が出来上がっていなければ、自分が伝えようとする情報という水は相手に受け入れてもらえません。こういう場合は、情報という水を相手に素直に受け入れてもらえるように、まずは信頼関係を構築することが重要になります。

また、土中に十分な養分が含まれていない場合、芽は出ません。そういう場合は土壌に肥料をあげる必要があるように、いきなり商品や仕事を勧めても、その必要性を理解してもらえない人には、事前に、相手の頭に養分を与えておく必要があります。例えば、健康食品を勧めるのであるならば、今の食生活の現状がいかにお粗末なものであるかということを伝え、健康食品を摂取する必要性を理解する素地を事前に作っておきます。

事前に土地を耕し、相手に話が理解できる素地があって初めて、自分の伝えたい情報が相手にスムーズに伝わり、可能性という芽を出します。順序が逆になってはいけません。商品を勧めてから、今の食生活のお粗末さを伝え、この商品を取り入れたほうがいいよなどとはやらないでください。土壌を耕してから、アプローチ、種まきを行なってください。

そして、相手がビジネスに興味を示し、可能性という芽が出たなら、相手の必要に応じて情報を与えてください。契約が取れると、慌てて一度に情報を与えすぎる人がいますが、注意してください。芽が小さいうちに水をあげすぎてしまうと、植物は腐ってしまうように、意識レベルの低いうちから、情報を提供しすぎると相手は嫌になります。大事なことは、常に相手の状況をよく観察し、相手の必要に応じて情報を提供するようにすることです』

第Ⅱ章　出会い

「あなたは必ず成功します。必ず、です」

次の週の日曜日。優しい陽だまりの中、亮は電車で広尾に向かっていた。揺れる電車の中で、今日の出来事が夢か現実かを確認するために、数日前の電話の内容を思い出していた。

「もしもし、わたくし、アオヤマ・アンド・カンパニーの社長秘書の白石と申します。そちらは片山亮様でしょうか？」

「はい！」

「弊社の青山があなたのお手紙にいたく感銘を受けまして、今度の日曜日、青山の自宅で昼食でもご一緒できたらと申しておりまして、お電話させていただいております。一方的なお電話で恐縮ですが、ご都合はいかがでしょうか？」

「も、もちろん、行かせていただきます！」

「それでは、青山の自宅の地図を後ほどファックスいたしますので、昼の十二時におこしください。なお、その際、会話を録音できるものを必ずお持ちください。それと、青山と面会するにあたって、一つだけお約束していただきたいことがあります。これは、青山たっての希望なのですが、片山さんが青山とお会いすることは決して他言しないでください」

地図を頼りに、有栖川宮《ありすがわのみや》記念公園《きねんこうえん》を抜けて、目的地に到着すると、そこにはこぢんまりとした屋敷があった。その屋敷は小高い丘の上にあり、この辺にこんなに多くの緑が存在したのかと思うくらい多くの木々に囲まれていた。緑の匂《にお》いが心地よかった。ただ、正直言って亮はビックリした。亮はその事業の成功ぶりや、事務所ビルから想像すると、青山はとんでもなく大きな屋敷に住んでいるのだろうと勝手に想像していたからだ。

亮は玄関前に立つと、高鳴る鼓動を感じた。そして、二、三分玄関前で立ち尽くすと、勇気を振り絞ってブザーを鳴らした。

しばしの沈黙の後、ドアが開いた。

「いらっしゃい！」大きな声だった。

笑顔で、青山自らが出迎えてくれた。顔には深いしわが刻み込まれており、笑うと、さらにそのしわが強調されていた。どんな人生を歩んできたら、こんな笑顔ができるのだろうか。その屈託のない笑顔とさわやかな挨拶に、亮は男ながら、うっとりしてしまった。

「はじめまして！　青山社長。片山と申します」

「社長はやめてください。青山で結構です」

青山は四十代のいかにも仕事ができそうな男だった。日焼けした肌に白い歯。その大きく見開いた目は自信に満ちあふれていた。そして、なぜか青山の周りだけ、うっすらと光に照らされているようだった。その光はやわらかく、温かかった。亮はこれをオーラと呼ぶのかと思った。

「どうぞ、お入りください」

亮は青山の後ろをついて行った。広く大きな背中だった。背筋はピーンと伸び、「自信」という二文字がその背中から読めそうだった。

家の中に入ると、そこは別世界だった。モダンでモノ・トーンに統一されたシンプルなリビングは、まるで雑誌で見たパークハイアット東京のスイート・ルームのようだった。調度品もミニマルですべてが調和していた。部屋の光は暖かく、静かに音楽が流れていた。時の流れがここだけは違うような気がした。部屋の中にいるだけで、亮は心が落ち着いていくのが分かった。

「遠い所、ご足労様でした。お疲れになったでしょ。どうぞ、お座りください。お飲みものは何がいいですか？」

青山の腰の低さに亮はびっくりした。そして常に満面の笑みである。

こちらが無理やり、時間を割いて会ってもらっているのに、そんな態度は微塵《みじん》もなかった。本当に仲の良い、友人に対する対応そのものだった。

「私と連絡を取るのは大変だったでしょう？」

「ええ。本当に大変でした」

「わざと、大変にしてるんですよ！　一種のスクリーニングです。私と本当に会いたい人とだけ、私も時間を共有したいんで。だから、こうして片山さんが会いに来てくれたことは本当に嬉しいんです」

微笑《ほほえ》みながら語りかける、その口調は優しく、温かかった。


会う前の緊張感とは裏腹に、ごく自然に会話が弾んだ。お互いの趣味の話から始まり、音楽、映画、料理、お酒の話へと進んだ。亮は今日が初対面であることをすっかり忘れていた。亮はこのまま時間が止まってくれたらと思った。亮はなぜか、非常になつかしい人と話している気がした。

昼食はイタリア料理でもてなされた。青山いきつけの六本木にある「ラ・ケーブ」というお店のシェフを自宅に呼んでの料理だった。名店のシェフを自宅に呼んで、目の前で調理してもらうことは亮にとって初めての経験だった。

前菜にはじっくりと塩漬けされたパルマ産の生ハムと軽く表面をあぶった香ばしい鯛のカルパッチョが出された。その後、ジャージャーと焼ける音と匂いが部屋中にたち込めたかと思うと、メインのフォアグラのソテーと白トリュフが登場した。白トリュフの旬は秋で今の時期は季節外れだそうだが、しっかり砥《と》がれた包丁によってさばかれた食材のなめらかな舌触りと香りは格別だった。塩味をベースに素材を活かし、バルサミコやバジルによる酸味、甘味の加えられた絶妙なハーモニーは芸術品の域だった。仕上げは魚介類のリングイネで、食後にはハーブティーが出された。青山は黙って、ゆっくりとそのハーブティーを味わっていた。その様はまるで一つの宗教儀式のようだった。

しばらくハーブティーを味わっていると、青山が口を開いた。

「本来であれば、エスプレッソあたりをお出しするのが、筋だとは思うんですけど、私はいつも食後はハーブティーなんです。これを飲むとリラックスして、集中力が増すんです。私は自分の集中力を増すためには努力を惜しまないようにしています。音楽や部屋のレイアウトにも気を遣っています。部屋のレイアウトが調和していないと、自分の心も調和がとりにくくなります。心が常に『心地よい』と感じる状態に保つことが非常に大切です。そうすることで、自分の能力を最大限に発揮することができます。月並みですが、環境が人を創ります。通常、人は働く環境や付き合う友人環境といった外的環境ばかりに気がいきますが、私はより内的な環境、家庭環境を整えることも同様に大切なことと考えています」

この話を聞いて亮は自分の散らかった部屋のことを思い出し、思わず赤面してしまった。青山はすべてをお見通しで、そんな話をしてくれた気がした。

亮が気まずい思いをしていると、青山は急に真剣な表情になった。亮は青山の表情を見て、これから重要な話が始まることを悟った。青山はじっと亮の目を見つめると、話を切り出した。

「片山さんは、今日、何か録音できるものをお持ちいただけましたでしょうか？」

「はい。ICレコーダーを持ってきました」

「それは良かったです。今後も、私のところを訪れる時は、必ず持ってきてくださいね！」

「必ず、ですか？」

亮は不思議に思い、確認した。

「はい。必ず持参して、私との会話を録音してください。そして、その中で重要な情報を編集するか、ノートにまとめて、いつでも内容を再確認できるようにしてください」

「はい」

「そして、できれば、人と会う場合は常に録音できるものを携帯して、自分の話の内容を確認するようにしてください。最初は、自分の話を録音して聞いてみると、自分のコミュニケーション能力のなさに愕然《がくぜん》とすると思いますよ。これは自分を客観的に見るうえで非常に効果的です。ぜひ、実践してみてください」

「分かりました」

亮がそう返事をすると、青山は嬉しそうにハーブティーをひとすすりし、話の続きをするために、リビングに場所を移した。

「今日は、片山さんに、二つの重要な点をお話ししたいと思います。抽象的な話ではあるんですけど、非常に重要なポイントですので、忘れないように心がけてください」

亮は「はい」と答えると、ICレコーダーの録音ボタンを押した。

「まず、ネットワーク・ビジネスで組織を確立することに失敗したと手紙に書かれていましたが、片山さんはどうしてだと考えていますか?」

少し間をあけて、亮は答えた。

「それは自分のやり方が間違ってたからです」

「それではお聞きしますが、どう間違ってたんでしょうか?」

「青山さんの本を読んで分かったのですが、たくさんの点で間違っていました」

「今、私の本を読んでとおっしゃいましたが、間違っても、一つのやり方や考え方を絶対視しないでください。したがって私の考え方も絶対視しないでください。

今日通用したものが、明日通用しなくなることはよくあることです。厳密に言えば、今日、そのやり方がベストであるならば、明日にはベストでなくなっているはずなんです。諸行無常、あらゆるものは常に変化します」

「諸行無常ですか?」

「そうです。あらゆる行ない、事物は、常に同じ状態にありません。ゲームのルールは常に変化します。したがって、常に何事も絶対視しないでください。絶対視するところに進歩はありません。

常に、あらゆる点で『自分は間違っているのではないか？』と仮説を立て、検証する習慣を身につけてください。これが、今日の一つ目のポイントです。常に、このことを心に留めておいてください。

したがって、これからするお話も参考にする程度で、絶対視しないでくださいね。これからの話は現時点での、私の考えを表明するにすぎません。諸行無常です。よろしいでしょうか？」

亮は「はい」と答えるしかなかった。

ここで大きく間をあけると、再び、青山は話を始めた。

「私は何を行なうにしても、まず、その目的、意義を明確にすることが非常に重要であると考えています。

まず、ここで多くの人が間違いを犯します。残念ながら、ネットワーク・ビジネスにかかわる多くの人が、お金を得ることを一番の目的としてしまいます」

亮はドキッとした。

「片山さんに、一つお伺いしたいのですけど、利益、もしくは収入というのは、いったい、どこから発生するのでしょうか？」

ごく当たり前の質問ではあったが、亮は答えに窮してしまった。

沈黙の後、青山は口を開いた。

「収入は自分が作り出す付加価値によって発生します」

「付加価値？　ですか？」

「分かりやすく言うと、社会貢献です。自分が社会貢献した報酬として、収入は発生します」

「社会貢献の結果、発生する？」

亮には、意味がよく理解できなかった。

「そうです。本質的には、その他の理由で収入が発生することはないんですよ」

亮には信じられなかった。他にも収入が発生する場合もあるのではないかと思案してみた。

「社会貢献なくして、お金を得ている場合は、ただ単に、お金の持ち主が替わっているにすぎません。これは収入とは言いません。ある種の略奪行為です」

「略奪行為？　ですか？」

「そうです。略奪行為、場合によっては詐欺行為と言ってもいいかもしれません」

亮はきつい言い方だなと思い、意地悪な質問をしたくなった。

「では、投資で得られるお金は本質的でないということでしょうか？」

「投資という行為は、本来の物の価値へ近づけるという点で社会貢献します。ただし、ミクロで見ると、ある人は損をして、その分が他人の利益になっているという側面があります」

「なるほど……」

「例えば、片山さんが商品を売りつけたり、付き合いで商品を買ってもらって、お金を得たとしても、これは本当は収入になっていません。このようにしてお金を得た場合は、自分のバランスシートのお金の項目はプラスになりますが、実は、自分のバランスシートの信用の項目はマイナスになります。しかも、相手が支払う金額に対して自分が受け取る利益はその一部ですから、信用の項目はその何倍ものマイナスが発生します。要は、収支はトータルでマイナスなのです」

「なるほど！」

亮は大きく相槌《あいづち》を打った。亮にとって、目に見えないものを、自分のバランスシートとして捉える発想が新鮮であり、ショックでもあった。

「したがって、相手に役立たない形でお金を得るということを続ければ続けるほど、目に見えないところで、どんどん貧しくなってしまいます。そうではなくて、相手に貢献してください。相手に喜んでお金を支払ってもらって初めて、その貢献料として収入を得ることができるんです」

「貢献料が収入になるんですね！」

「その通りです。どういう仕事であれ、仕事というものは、本来は社会がそれを必要としているからこそ成り立つものだということです。したがって、ネットワーク・ビジネスを文字通り、『仕事』として捉えるならば、お金が目的ではなく、社会貢献が目的であるべきです」

言われてみればもっともなことではあったが、亮は正直言ってそういう風に考えたことがなかった。

「お金を追ってお金が得られるのがマネー・ゲームで、社会貢献を求めてお金が得られるものが仕事です。お金を商品にしないでくださいね。今回、片山さんはマネー・ゲームに参加したいのではなく、ネットワーク・ビジネスに参加したいんですよね？」

「はい。そうです」

「目的を間違えないでくださいね。目的を間違ってしまっては元も子もありません。些細な違いに感じるかもしれませんが、このちょっとした差が結果として大きな差を生みます。洋服を着るために、一つ目のボタンを掛け違えてしまうと、せっかくボタンを下まで留めても、結局、最初からボタンを留め直さなければならないのと同じです。お金を追い求めてしまうと、結果、すべてを失ってしまう場合があります。したがって、これからは『お金が欲しい』、『お金を儲《もう》けたい』と思ったら、『社会貢献したい』と言い換えるようにしてください。たった、これだけのことで、お金に好かれるようになります。これが今日お伝えしたい二番目のポイントです」

そこまで話すと青山はハーブティーをひとすすりした。

「では、片山さんにお伺いしたいのですが、今、自分がかかわるネットワーク・ビジネスにおいて、どんな社会貢献ができると考えていますか？」

亮は言葉に詰まってしまった。なぜなら、ご多分にもれず、亮はお金儲けを目的にネットワーク・ビジネスを始めたからだ。

「正直言って、そういうことを考えたことはありませんでした」亮は素直に答えた。しばらく、亮が考え込んでいると、青山は話を始めた。

「私は、ネットワーク・ビジネスにかかわることによって、現時点では大きく言って二つの形での社会貢献ができると考えています」

「二つの形での社会貢献ですか？」そう言いながら、亮は『バイブル』にそんなことが書いてあったことを思い出した。

「一つ目の社会貢献は、その会社の提供する商品やサービスを普及させることによる社会貢献です。したがって、これは世の中の人が強く欲するものであればあるほど、その社会貢献の度合いも大きくなります。

ですから、まずは自分の提供する商品やサービスのセールス・ポイントや他社との違いを明確にしてください。いい意味で差別化された点がなければ、その商品やサービスを提供する意義はありません。ということは仕事としてかかわる意義もないということです」

亮は青山の説明にすっかり聞き入ってしまった。

「そして、もう一つの社会貢献はネットワーク・ビジネスという概念を普及させることによる社会貢献です」

「ネットワーク・ビジネスという概念を普及させることによる社会貢献、ですか？」

「そうです。今日、幸か不幸か、いまだにネットワーク・ビジネスについて正しい認識がなされておりません。私個人としてはネットワーク・ビジネスの概念は実に合理的で、効率の良い仕組みですので、二十一世紀に残さなければならない一つの流通形態であり、それと同時に雇用の仕組みであると考えています。

その考えが正しいか正しくないかの説明は話が長くなりますので、私の著書に譲るとして、ここでは私の考えが正しいという前提で話を続けさせていただきます。

むしろ、私個人としては、通常の流通形態や雇用の仕組みよりも、『理論上は』、ずっと、効率的な仕組みであると考えています。

ところが、今、『理論上は』と申し上げたように、現実には決してネットワーク・ビジネスは効率が良くありません。それは、非常に多くの方がネットワーク・ビジネスをねずみ講のようなものとして捉えており、その先入観を覆すコストが非常に高くつき、現実にはネットワーク・ビジネスを非効率なビジネスにしているからです」

亮はネットワーク・ビジネスにおける理論と現実のギャップについて、これまで、まったく考えたことがなかった。

多くの人がネットワーク・ビジネスの仕組みはすばらしいと解説するが、ではどうして現実に、ネットワーク・ビジネスがさほど普及しないのか、亮には理由が分からなかった。しかし、今、ようやくその理由の一つが分かった気がした。

青山の説明はさらに続いた。

「したがって、その先入観が間違ったものであるならば、ネットワーク・ビジネスにかかわっている方々の努力を通じて、ネットワーク・ビジネスが正しく、認識される必要があります。

そして、その結果、ネットワーク・ビジネスに対する正しい認識がなされれば、その非効率にしているコストが発生しなくなり、これまでの流通形態や雇用の仕組みでは太刀打ちできないくらい、現実的にもネットワーク・ビジネスは効率的なものになり、より効率的な社会が実現するのです。

そうであるならば、その概念を普及させようとする行為そのものは非常に尊く、意義があるはずです」

亮は青山の説明を聞いて、自分が本当に価値あることにたずさわろうとしていることに初めて気がついた。亮は自分の努力を通して「より効率的な社会が実現する」という考えにすっかり興奮してしまった。

そして、青山は念を押すかのようにこう付け加えた。

「ネットワーク・『ビジネス』を文字通り、『仕事』として捉えるならば、決してこの二つの社会貢献は忘れないようにしてください。

片山さんは基本的には、この二つの形での社会貢献をするためにネットワーク・ビジネスを始めようとしているわけですから。

そして、その目的を達成するために、知識を増やしたり、人格を向上させる必要があるわけです」

青山はここで、亮に頭の中を整理する時間を与えるかのように大きく間をあけた。

そして、青山は最後にこう締めくくった。

「とにかく、行動あるのみです。もちろん、片山さんは行動に移したから、今日、この場にいるわけですが。

一つ、お寺でよく話される、お話を紹介させてください。片山さんは、『知覚動考』という言葉をご存じですか？」

「はい。聞いたことはありますが……」

青山は「知覚動考」と紙に大きな字で書くと、ぽかんとした顔をしている亮をよそに、話を続けた。

「成功している人は古今東西を問わず、みなこの言葉の順番通りに行動していると言われています。物事を『知』ったら、『覚』えて、『動』いてから、『考』えるそうです。正確には『覚』えるは、仏教用語では『悟る』という意味らしいですが。ところが、成功しない人は、『動』かないで『考』えてばかりいるそうです。大事な『動』くという作業が抜けてしまうのです。この大事な『動』くという作業が抜けては困るので、『知覚動考』をもう一度、読みなおしてください。『知』は『とも』、『覚』は『かく』、『動』は『うご』、『考』は『こう』とも読みます。続けて読みますと、『ともかく、うごこう！』となります。忘れないでください」

亮は思わず、笑ってしまった。

「ともかく動いて、壁にぶつかったら、考えて、仮説を立てて、検証するという行動をとってください。それの繰り返しです」

亮は帰宅の途についた。そして、揺れる夕日を見つめながら、自分がネットワーク・ビジネスにかかわろうとしている理由を再確認した。電車の揺れが疲れた体に妙に心地よく、亮はいつの間にか眠ってしまっていた。

その後三か月もすると、亮のグループは二十人を超えた。小松の説明会を利用することで、すっかりリズムが出来上がりつつあった。亮自身は、小松の説明会に、この三か月間で約三十人を動員し、そのうち十二人が登録していた。興味を持たなかった人には、相手に「役立つと思って誘ったのだが、勘違いだったみたいで申し訳なかった」ときちんと謝り、説明会当日の食事代や帰りのタクシー代を負担することを申し出た。こうやってきっちりフォローし、信用を極力、失わないようにすることが非常に重要であることを亮は学んだ。

また、小松の説明会は必ず、ホテルか会社のセミナールームを利用していたので、安心して人を連れてくることができた。

そして、亮はグループ全員に『バイブル』を読むように強く勧めていた。

亮は『バイブル』さえ渡しておけば、万事うまくいき、このままいけば、予定よりも早いペースで目標に到達すると思った。亮は輝ける将来を想像すると、胸がときめいた。亮は一年で、千人のグループを作ることを目標にしていた。

しかし、そんな矢先、重大なニュースが流れてきた。

なんと、小松が、あと二か月で仕事をセミリタイアするというのだ。それ以降は、説明会の回数を月一回に減らしてしまうという。これまでは、週に三回行なっていた。小松の説明会が減ってしまうと、亮はこれまでのように小松の説明会に人を連れてきてグループを拡大するというパターンを続けられなくなる。亮には絶体絶命の危機に感じられた。今後の展望が見えなくなった亮は、青山を訪ねることにした。

青山と会うのは約三か月ぶりだった。青山の家に足を踏み入れた瞬間、前回同様、なぜか別世界に入り込んでいくような気がした。そして、本当になつかしいところに還《かえ》ってきた気がした。それは本当に不思議な感覚だった。

「お久しぶりですね」

青山は相変わらず、さわやかな笑顔を添えていた。そして、青山に仕事の調子を尋ねられると、亮は得意げに答えた。

「はい。絶好調です。おかげさまで、私のグループも二十人以上になりました。この調子でいくと、今月中には三十人を超えそうです。コツも分かってきましたし。今後、自分のグループの方に、今、自分が実践している方法を教えてあげて、みんなが自分と同じように今後、組織を拡大していくかと思うと、実に胸がワクワクするんです。最高です」

「それはすごいじゃないですか。以前は、一人も参加する人を見つけられなかったことを考えると、すごい進歩ですね」

青山に褒められると、亮はとても嬉しかった。

「ただ、実は、一つ悩んでることがありまして」

「どうしたんですか?」

「今、会社を辞めるべきか悩んでるんです。実は、私が頼りにしているアップラインが間もなく、セミリタイアしてしまうんです。私のグループは今、その人の説明会を利用することで組織を拡大しているんですけど、その人が説明会をやめてしまうと、今後、人をお連れできる説明会がなくなってしまうんです。それで困ってます」

亮の顔から笑顔が消えていた。

「青山さんのおかげで、今、本当に絶好調なんですが……。自分でも信じられないくらいです。グループ全体も盛り上がってますし。有望な人材もグループに参加してきているんです。中には二、三か月以内に百人のグループを作ると豪語する人もいます。この流れを止めたくないんです」

亮はだんだん早口になっていた。

「ただその人が説明会を開催をしなくなってしまったら、グループの人はどうしたらいいか分からなくなってしまうんです。あいにく、その人以外は説明会を開催できる人が、自分のアップラインにいません。だから今後は、代わりに私が説明会を開かなければと思っているんです。でも、そのためには会社を辞める必要があるんです。どう思いますか?」

切迫した表情で尋ねる亮に、青山は静かに答えた。

「それに対する回答を出すには、片山さんの今の状況を詳しく聞かせていただく必要があると思います。今、本業の状況はどうなんですか？」

「ネットワーク・ビジネスを始めてからは、正直言って、全然面白くないんです。旧態依然としていて退屈です。上司は頭が固いし。ただ単に、商品を右から左に流すだけなんです。自分がその会社で働いていなくても、誰もお客は困りません。それこそ、その会社がなくなっても誰も困らないんです。なぜなら、商社は他にもたくさんあって、その会社が倒産しても、他の商社が代わりを務めてくれるんです。それこそ、潰《つぶ》れてしまったほうが、分け前が増えて、他の商社は喜ぶんです。したがって、そこで働いていると自分自身の存在意義まで感じなくなってしまうんです……」

「片山さんの話を聞いていると、もう、自分の中で既に答えが出ているみたいですね。ただ、辞めることが怖いのでしょうね」

　まったくその通りなのかもしれない。辞めて、収入がなくなるのが怖かったのだ。

「収入が一時的になくなることを決して、恐れないでください。それよりも怖いことは、収入を失うことの恐怖心から一つの会社にしがみつき、能力を磨かずにいることです。能力を磨かずにいると、万が一、会社から首を切られた時、次に得られる収入は、自分の能力に見合ったものとなってしまいます。それこそ、自分が働いていた会社でしか通用しないような能力しかなければ、再就職はかなりきついものになるでしょう。しかし、能力さえ磨いていれば、何を恐れる必要があるのでしょうか。たとえ、一時的に収入を失ったとしても、もし自分に能力があるのなら、それに見合った収入はいずれ入ってきます。今現在、自分の能力以上に収入を得ていると感じているのなら、辞めるのは怖いかもしれません。再就職した時に、収入が減ってしまう可能性が高いからです。

片山さんは、今の会社で給料をもらいすぎと感じているのですか?」

「いいえ、とんでもありません。もっと、もらってもよいと思っています!」亮は強い口調で答えた。

「繰り返しますが、大事なのは、今もらっている収入ではなく、収入を生み出す能力です。社会に貢献できる能力です。能力こそが収入の源泉です。自分が一番成長できる環境に常に身を置いてください。自分が成長できる環境に身を置き、自分の能力を最大限拡大してください。そして、自分という存在を活かしてください。特に年齢が若い時こそ、自分の身を置くべき環境に注意する必要があるでしょう。なぜなら、若い時は吸収力が高く、最も能力が成長する時期だからです。自分の生涯の中で、最も生産的な時期の使い方を間違ってしまうと、取り返しのつかないことになってしまいます。

片山さんがもし、いやいや働いているというのなら、恐らく自分の能力を最大限発揮できていないでしょう。したがって、そんな状況を続けることは片山さんのためにはならないのではないでしょうか？」

亮はもっともだと思った。毎日ルーティンワークばかりこなしていて、間違っても自分の能力を向上させているとはいえなかった。

「そして、もう一つ付け加えさせてもらうならば、変化に対する恐怖心も同時に克服してください。人は通常、変化を恐れ、安定を求めます。しかし、安定を求めることは自然の摂理に反します。この世は『諸行無常』です。変化することが自然の摂理です。変化することが自然の摂理である以上、その対極の概念である安定を求めることは自然の摂理に反することになります。人間も自然の中で生かされているわけですから、自然の摂理にのっとった生き方をすることが重要です」

青山はここでいったん話を区切ると、ハーブティーをすすった。

「片山さんは、ダーウィンはご存じですよね。ダーウィンは『進化論』の中でこういうことを言っています。『強い種が生き残るのではなく、変化に適応できる種が生き残る』と。現代も当然、生存競争です。この生存競争を賢く生き抜くためには、変化に気づき、変化に適応する必要があります。ただ、通常、変化は非常にゆっくりですので、この変化を見過ごしてしまいます。

面白い話を紹介します。ポットの中に沸騰したお湯を入れ、この中にカエルを入れると、そのカエルは慌ててポットから飛び出します。ところが、水の入ったポットの中にカエルを入れて、このポットの水をゆっくり温めると、カエルは水の温度が上がっていることに気づかず、茹《ゆ》であがってしまうのです。片山さんは変化に気づかずに、この茹でガエルのようにならないようにしてください。変化を恐れず、変化を愛してください。変化するから常にチャンスが生まれるのです。変化した現実と社会のその認識との間に大きなギャップが生まれた時、そのギャップがチャンスになります」

亮は「変化を愛せ」という言葉にショックを受けた。亮は常に安定を求めていたからだ。

そして、最後に、青山は「最高です」と調子に乗る亮にこう釘をさした。

「片山さん。最高と思われる時が最低への始まり。最低と思われる時が最高への始まりです。そして、物事は何でも、最初に自分が予想するほど平坦ではありません」

青山は何でもお見通しのようである。そんな青山から、意味深なことを言われ、自分の気づかない何かを青山は知っているのではないかと、亮は不安になってしまった。

数日後、亮は会社を辞めるべきか思案したあげく、上司に退職したい旨を告げた。最初、上司は辞意を撤回するよう説得した。亮が社内で将来を嘱望されており、会社にとって非常に重要な人材であることを上司は何度も強調した。だが、亮の意志が固いことを確認すると、手の平を返したように急に冷たくなった。「どうせ、独立したって、うまくいくはずがない」とか、「夢なんか追って、甘い」とか、さんざん言われた。

結局、自分の能力を買って辞意をひるがえすように説得してくれたのではなく、安い給料で使い勝手の良い人材が会社から流出するのが嫌なだけだったのだ。

亮がネットワーク・ビジネスをやることを応援してくれる人は、自分の友人も含め、ほとんどいなかった。「そんな馬鹿なことは考えないほうがいい」というのが大方の意見だった。亮は急にさびしくなってしまった。ただ、亮はそんなことにはへこたれなかった。何か新しいことにチャレンジする時はいつでも、俗に言う「夢泥棒」が現われるのが常ということを『バイブル』を読んで予想していたからだ。

『夢を持って何か新しいことを始めようとする時、決まって、それに反対する人がいます。そして、いつも言われるように、それが革新的であればあるほど、その傾向が強いものです。そして、反対する人を俗に「夢泥棒」と呼びます。しかも、「夢泥棒」は、皮肉なことに、得てして身近な人なのです。反対をしてくれるのは、もちろん、真剣に自分のことを心配してくれている証左でもあります。しかしながら、覚えておいていただきたいのは、反対してくれる人は、通常、結局リスクばかりを考えてしまい、これまで自分でリスクをとったことのない、成功経験のない人なのです。でも、実は、人並み以上に成功を収めたいのならば、人並み以上にリスクを冒す必要があります。心配してくれる人の話はどういうリスクが存在するのかを知るための情報と考えてください。そして、その忠告に素直に耳を傾けることは大事ですが、それによって自分の信念を弱めてしまうのではなく、自分の信念を強めるためのチャンスと捉えてください。

成功する人と、しない人の差は紙一重です。その差は勇気を持って行動に移すか、移さないか、なのです。「できるか、できないか」ではなく、「やるか、やらないか」の問題です』

二か月後、亮の後任も見つかり、無事、引継ぎも終了すると、ネットワーク・ビジネスをフルタイムでできる身となった。その間、小松の説明会に通うと同時に、亮は自分で説明会を行なえるようにプレゼンの練習を繰り返していた。『バイブル』の教え通り、鏡に向かって何度もプレゼンをした。最初、自分の姿を見ながら、プレゼンをするのは本当に辛かった。ICレコーダーにも録音して、自分のプレゼンを聞いてみたが、何を言っているのか全然分からなかった。自分が伝えているつもりの内容と、実際に伝わっている内容は全然違うのだなと録音してみて初めて分かった。

よく、プロのゴルフ・トーナメントの様子などをテレビで見ると、その残像がイメージとして残り、自分も同じようなプレーができるような気がする。ところが、実際のスイングは似ても似つかない。鏡に映してみて初めてその違いに驚かされる。同じように、実際にプレゼンの様子を録音して初めて、自分のイメージとの違いに気がつかされるのだ。録音もせずにプレゼンを続けることは、鏡やビデオで自分のスイングを確認することなく、ゴルフを続けるようなものなのだ。

亮は練習を重ね、ある程度、自分のプレゼンにも自信が出てくると、自分のグループの人たちに連絡して、ABCのA役をする準備ができている旨を伝えた。ABCについては、『バイブル』の中で、次のように説明されている。

『「ＡＢＣ」はプレゼンの一つの形を指します。「ＡＢＣ」の「Ａ」はＡｄｖｉｓｅｒ、「Ｂ」はＢｒｉｄｇｅｒ、「Ｃ」はＣｕｓｔｏｍｅｒの頭文字を取ったものです。「Ａ」はアドバイザー、「Ｂ」は橋渡し役、「Ｃ」は顧客を指します。このＡ役、Ｂ役、Ｃ役の三者で会って、プレゼンを行なうことを称して、「ＡＢＣ」と言います。この場合、自分でビジネスや商品の説明をするのではなく、自分は橋渡し役（Ｂ役）に徹して、第三者（Ａ役）に説明を任せます。

ではなぜ、自分で自分の知り合いに直接説明せずに、他の人に説明してもらう「ＡＢＣ」という形態を採るかというと、大まかに言って三つの理由があります。

一つ目の理由は、通常、自分の友人・知人には、強く商品やビジネスを勧めにくいものです。強く勧めると、後々の関係が気まずくなる恐れがあります。第三者に説明を任せることで、そうしたリスクが軽減できます。

二つ目の理由は、自分より説明が上手な人にお願いすることで、より高い確率で契約を取ることができます。そして同時に、説明を隣で聞きながら、自分自身がより契約率の高い説明方法を勉強できます。

三つ目の理由としては、「ＡＢＣ」を採用すると、「信用」を創出しやすいというメリットが挙げられます。

ネットワーク・ビジネスを採用している会社の多くは、広告に力を入れておりません。したがって、その会社および商品はお客さまに認知されていないことが多く、信用がありません。ところが、お客さまに商品をご購入いただくには、どこかで、信用をそのお客さまに売る必要があります。その商品そのものに信用がない場合は、紹介する人が代わりに信用を売るのです。なぜなら、仮に、いくら上手に商品のことを説明できたとしても、説明している人が信用されなければ、最悪、ウソをついていると思われてしまい、結果、商品を購入していただけません。説明している人が信用できる人と分かって初めて、相手に素直に話を聞いてもらうことができます。信用はビジネスの基本であり、信用が得られて初めて、商品を購入していただける可能性が生まれます。実は「ABC」はその「信用」を創出するための手段なのです。

したがって、「信用」を創出するために、「ABC」を行なう際は、次の二点に留意してください。

第一の留意点は、「ABC」を行なう際の場所選びです。これは話をする相手（Cさん）に応じて選んでください。ビジネスマンを相手に話をするのであれば、ホテルを利用するのが望ましいです。よく、ファミリー・レストランや近所の喫茶店を利用する人がいますが、なるべくこういう場所は利用しないほうがよいでしょう。ファミリー・レストランを利用すると、通常うるさくて話に集中できませんし、ファミリー・レストランを利用して行なわれる程度のビジネスに見えてしまうからです。一方、フォーシーズンズホテルを利用すれば、フォーシーズンズの信用、ブランドが利用でき、結果、立派なビジネスに見えます。間違っても、こういうところでお金を節約しようと思わないでください。こういうところでお金を節約しようと、ファミリー・レストランなどで「ABC」を行なうと、通常は契約率が下がってしまい、結局、「ABC」の回数が増えてしまい、かえって高くついてしまいます。

通常は一人の人間がネットワーク・ビジネスの話を紹介できる人数は大して多くありません。その少ない一人ひとりの人間を大事にしなければ、新たに知人を作らなければならなくなり、結果、非常に高くついてしまいます。実は、一人ひとりに対して豪華接待するぐらいのほうが効果的です。

また、普通の主婦を相手に話をするのであれば、その人の自宅が望ましいかもしれません。普通の主婦を相手に高級ホテルなどで、とびきりのプレゼンをAさんがしてしまうと、詐欺に遭っているのではないかと、かえって警戒してしまうかもしれません。相手を見て、場所を選んでください。

二番目の留意点は、アドバイザー（Aさん）のティーアップをしっかりすることです。ティーアップとは、ゴルフのティーアップから来ており、褒めて、持ち上げることを言います。「ＡＢＣ」を行なう前に、「Ａさんは素晴らしい人です」と事前にＣさんに宣伝して、持ち上げておきます。Ｃさんが Ａさんの話を信用して聞ける状態にしておくのが目的です。

したがって、ホテルを利用して「ＡＢＣ」をすることは、そのホテルの信用を借りることができ、立派なビジネスに見えると同時に、ホテルでビジネスを展開するＡさんは信用できるビジネスマンに見え、Ａさんのティーアップにもつながり、二重の意味で効果があります。

あくまでも、「ＡＢＣ」においては、相手が安心して、素直に話に耳を傾けられる状態にしておくことが肝要です。

「ＡＢＣ」はネットワーク・ビジネスで、基本中の基本のビジネスの進め方ですので、ぜひグループ内で徹底して実行してください』

亮はＡＢＣの留意点をグループの人たちに伝えると、グループの人たちからのＡＢＣの依頼を待った。そして、来月から毎週日曜日、説明会を開催するために、中野にある区民活動センターのミーティングルームを予約した。

亮は今後、思う存分、フルタイムでネットワーク・ビジネスの活動ができるかと思うと嬉しくてたまらなかった。プレゼンの練習も繰り返しており、準備は万全だった。

しかしながら、一週間経っても、ＡＢＣの依頼は一件も入らなかった。ＡＢＣをまったく依頼されないことに、亮は業を煮やした。せっかく会社を辞めて、いつでもグループの応援ができるように態勢を整えているというのに、暇でしょうがなかった。

亮は再度、グループの人たちにプッシュの連絡を入れた。

「もしもし片山です。山田さんですか。ちゃんと、活動してますか。全然、ＡＢＣの依頼入らないじゃないですか。どうなってるんですか？」

「もしもし、オレ、亮だけど。哲也？　最近どうしたんだよ。全然グループ大きくならないじゃないか。オレ、時間余ってるから、人、紹介しろよ！」

そんな調子でグループの人たちに電話をかけた。亮は後でこういったやり方の問題点に気づくことになるのだが。

それから、一週間ほどすると、ようやくＡＢＣの依頼が入った。相手は四十代の男性だった。待ち合わせ場所は都内の某ホテルで、夜七時から相手が仕事を終えてからとのことだった。

ＡＢＣ当日、亮は待ち合わせに遅れないように早めに家を出た。今日は待ちに待った記念すべき第一回目のＡＢＣの日だった。亮は約束の三十分前にホテルに到着し、トイレでネクタイの結び具合を確認すると、ラウンジ隅に席を取り、相手の登場を待った。十五分ほど遅れて、紹介者と一緒に相手がやってきた。銀縁の眼鏡をかけた気の弱そうな、痩せた男性だった。相手がアイスコーヒーを注文すると、その紹介者と亮も同じものを注文した。『バイブル』で、なるべく相手と同じものを注文するようにアドバイスがあったからだ。これは世界で最も優秀と言われるイスラエルの諜報機関モサドが実践しているテクニックである。相手と同じものを注文することで、親近感が湧き、信用されやすくなるという。モサドは、相手の出身地から、出身校、趣味、家族、ありとあらゆる話を聞いて、自分との共通項を強調し、相手の懐に入り込む。共通点を作ることで相手が共感を覚えるのである。

亮は名刺交換を終えると、早速、ビジネスの話を始めた。約九十分間、一分の隙《すき》もなく、立て板に水を流すようによどみなく話し続けた。完璧なプレゼンだった。

亮はプレゼンの結果が楽しみだった。三日が経った。しかしながら、相手からは何の連絡もなかった。ついに亮は待ちきれなくなり、自ら電話をかけ、結果を聞いてみた。残念ながら、良い返事ではなかった。全然興味がないとのことだった。

その後も、何件かＡＢＣを行なったが、なぜか結果はすべて同じだった。

そして、ついに亮主催の初めての説明会の日がやってきた。準備は万端だった。入場料も『バイブル』のアドバイス通り、無料にした。入場料を取ってしまうと、それだけで、信用がなくなってしまうからだ。例えば、ソニーみたいな優良企業が、新商品を販促するためにマスコミや販売店を呼んで説明会を開催し、その時、入場料を取ったらどうなるであろうか。販売促進になるどころか、かえって信用を失ってしまうであろう。これまでは、ネットワーク・ビジネスの説明会では、入場料を取ることは半ば常識であった。しかしながら、ネットワーク・ビジネスの信用を創っていくためには、この悪しき習慣をなくす必要がある。入場料を取れば、グループの人も人を連れてきにくくなり、それだけでも、かえってマイナスだ。

亮はこの日のために、恐らく、鏡の前で百回以上プレゼンの練習を行なっていた。亮の中では、小松とほとんど同じ内容のプレゼンができるようになっていた。亮は望みのすべてをこの説明会に賭けていた。なぜだか、ＡＢＣはうまくいってなかったし、ＡＢＣよりも一度に多くの人に話ができるので、亮のグループを飛躍的に拡大するには説明会しかないと思っていた。

亮は説明会開始一時間前に会場に到着した。会場の建物は古く、少し暗い感じの室内だった。亮は会場に入ると、早速、使い古された黒板に説明会の進行予定を書き出した。亮は進行予定を書きながら、これから一時間後のことを想像した。自分のゲストだけで、十人以上来る約束を取りつけている。そして、グループの人たちの話を総括すると、三十人近くの人たちが参加し、会場はほぼ満杯になるはずである。

亮にとって、大勢の前でスピーチすることは、生まれて初めての経験であり、ドキドキしたが、その半面楽しみでもあった。この日のために、なけなしのお金をはたいて、小松を真似て紺のピンストライプのスーツとプレーントゥの靴を新調していた。気持ちの中では小松になりきっていた。亮は、はやる気持ちを懸命に抑えた。

説明会開始三十分前になった。まだ、誰もやって来る気配はなかった。亮はただ、会場を一人うろつく以外なかった。開始十分前になった。誰も来なかった。亮は急に心配になった。そして、開始時間になっても、遂に一人もやって来なかった。

五分ほど遅れて、グループの一人がゲストを連れて登場した。そして、もう五分すると、もう一組やって来た。その後、自分のゲスト二人が遅れながらも参加し、最終的にはトータルで新規四人が説明会に参加した。広い会場に、ポツン、ポツンとゲストが座り、なんとも、みすぼらしい説明会だった。全身から力が抜けていった。広い会場に亮の声がむなしく、意味もなくこだました。説明会の途中で、ゲストが一人、二人と去っていった。残っていたのは自分の知人二人だけだった。ぶざまな様を知人に見られ、見せ物になった気分だった。説明会の途中に話を中断して、一刻も早くこの場から逃げ去りたい心境だった。

百年の歳月が過ぎ去ったのではないかと思うほど長い時間の経過の後、説明会が終了した。亮は会場に一人残ると、新品のスーツについたチョークの粉をはたいた。力一杯はたいたが、粉はなかなか取れなかった。今日の出来事が一生消すことのできない汚点になった気がした。これまでの亮の人生の中で最も屈辱的な出来事だった。

亮は次の週に予定していた説明会を中止した。もっと、入念な準備をするために翌々週に延期した。会場も二十人くらいの小さい会場に変更した。もう説明会を主催するのをやめてしまおうかとも考えたが、それではなんのために会社を辞めたのか分からなくなってしまう。そこで、亮は、二度と同じ屈辱を受けまいと、自分のグループの人たちに毎日電話をし、はっぱをかけた。その甲斐あって、その次の説明会には自分のゲスト六人を含む十人の新規の人が説明会に参加した。亮は嬉しかった。あそこでやめなくてよかったと。早め、早めに強く確認の電話を入れれば集客できることが分かり、ひと安心した。この調子で徐々に増えていけば、そのうち、様になるだろうと思った。

ところが、そのまた二週間後の説明会には自分のゲストが三人、その他一人のトータル四人の新規が参加しただけだった。同じように早め、早めに確認を入れたにもかかわらず、である。そして、なんとその次の説明会には一人も参加者がいなかったのだ。自分のゲストもゼロだった。亮は自分の説明会に恥ずかしくて、誰も自分の知り合いを呼べなかったのだ。自分が呼びたくないものを、誰がいったい利用するというのだ。また、これまで、亮の説明会に参加して、登録を決意したものは一人もいなかった。亮は説明会を開催するのをやめた。

亮のビジョンはがらがらと崩れていった。数か月前のばら色のビジョンが嘘のようだった。亮は自分の不遇を恨んだ。小松さえ説明会を減らさなければ、こんなことにはならなかったのにと。そして、グループの人数が三十人にもなりながら、自分のように、やる気のあるダウンラインが一人もいない不遇を恨んだ。二、三か月以内に百人くらいのグループを作ると豪語していた人は、結局、一人もリクルートできないうちに音信不通になっていた。

亮は今では会社を辞めたことを後悔していた。会社を辞めて、かれこれ、三か月近く経過していた。その間、グループの人数は増えるどころか、逆にやめていく人の数が多く、むしろ減っていた。さらに最悪なことには、亮にはどうしてうまくいかないのか、まったく見当がつかなかったのだ。預金も間もなく底をつき、このままでは生活さえできなくなってしまう。あまり日本では聞かない話だが、この日本で飢え死にしてしまうのだろうかと真剣に心配になった。歳も三十近くになって、アルバイトをするにはプライドが高すぎた。そして、もはや親に頼ることもできなかった。親の反対を押し切って会社を辞めたからだ。亮は幼い時に父親を病気で亡くしていた。これ以上、田舎の母親を心配させたくなかった。母親に楽をさせてやるつもりだったのに……。亮は高校を卒業して、東京に出てきて以来、九州にある実家にはまったく帰っていなかった。

サラリーマン時代、安定して収入があったことのありがたみを痛感した。今なら少ない給料で我慢ができる。むしろ自分の実力を考えたら、もらいすぎだったかもしれないと思った。上司の言葉が思い出された。「どうせ、独立したって、うまくいくはずがない」、「夢なんか追って、甘い」まったくその通りに思われた。自分の身の丈を知らずに行動した自分の愚かさを恨んだ。そして、毎晩、夢にうなされた。亮の友人が登場し、あざけり笑いながら、こう言うのだ。

「だから、ネットワーク・ビジネスなんてやめとけって言ったんだ」

亮は青山を訪ねることにした。会社を辞めるようにそそのかした青山に文句を言うためである。青山のせいで、今、自分がどんな状況になったか訴えたかった。今日は思いのたけを青山にぶつけるつもりだった。訪問先はいつも通り、青山の自宅だった。

その日は雨が激しく降り注いでいた。広尾駅から歩いて青山の自宅に向かう途中、自動車が亮の近くをものすごい勢いで通過し、道路に溜まった雨水をひっかけられてしまった。亮はつくづくついてないなと思った。

亮が青山の自宅のブザーを鳴らすと、いつも通り、青山が出迎えてくれた。そして、これまたいつも通り、「いらっしゃい!」と、さわやかな笑顔を送ってきた。亮は思った。この笑顔に騙されないぞと。

亮がソファに座ると、青山は尋ねてきた。

「調子はどうですか?」

青山は何か台所で用事をしている。

「調子はどうですか、じゃないですよ。最悪です!」

「ほう。それは、それは」と笑いながら青山は答え、テーブルにうやうやしくハーブティーを置いた。

笑いながら答える青山に亮はムッとした。あなたのせいでこうなっているのにと。亮には、青山が人の不幸を喜んでいるように思えた。

「グループの人数は何人くらいになったんですか？」

答えづらい質問をどんどんする青山に閉口しつつも亮は答えた。今日は自分の不遇を伝えるために来たからだ。

「いったんは三十人くらいになったんですけど、今は二十人くらいに減ってしまいました。会社を辞めたのはいいけど、ダウンラインからＡＢＣの依頼は入らないし、説明会を開いても人は集まらないし。やる気のないダウンばかりで。このままでは生活もできなくなってしまいます。タイミング悪く、頼りのアップラインはセミリタイアしちゃうし。僕は本当についてないんです。もう最悪です」

「ああ、やっぱり、そうですか！」と青山は笑って答えた。

「やっぱり」と笑って答える青山に亮の堪忍袋の緒が切れた。

「やっぱり、とはどういうことですか？　まるで、こうなることを予め、予想してたみたいな言い方じゃないですか！　こうなるのを初めから予想していて、私に会社を辞めるようにそそのかしたのですか？　もとはと言えば、今、私がこんな状況になってしまったのは、みんな、あなたのせいなんですからね！」

亮はものすごい剣幕で青山を責めた。

「それは、それは、光栄ですね」と、青山は喜んでいる風である。

「光栄な話じゃないんです。不名誉な話なんですよ。分かってるんですか？」

「いや、いや、ごめんなさい。私一人の力で、ここまで片山さんを動かすことができたとしたなら、すごい話だなと思ったもので」

いつまで経っても冷静な青山に対して亮は拍子抜けしていた。

「前回お会いした時に言いましたよね。最高と思われる時が最低への始まり。最低と思われる時が最高への始まりですと。覚えてますか？」

そういえば、そんなことを言われたのを亮は思い出した。

「人は、気持ちが楽観的になると、自分にとって都合の良いことを想像します。そして、それが引き金となって、どんどん良いことを連想し出します。そして、そのことが、またさらに引き金となって、これ以上ないくらいに良いことを想像し、絶頂感を味わいます。ところが、そこに悪いことが起こると、絶頂時は免疫力がありませんので、それが引き金になり、悲観的になります。いったん悲観的になると、今度は自分にとって都合の悪いことばかりが思い出されます。そしてさらに、それが引き金となって、悪いことが次から次へと連想され、これ以上ないというくらい最悪な気持ちになるのです。山高ければ谷深しです。

もし、大きなことを成し遂げたいなら、片山さんは、一つひとつの出来事に一喜一憂する

のではなく、一つひとつの出来事をもっと冷静に、客観的に受け止めるようになってくださ
い。そして、もっと淡々とした強い精神力を養ってください。一つひとつの出来事に左右さ
れない、確固とした強いポジティブな精神を養ってください」
ここで話を区切ると、青山は亮に質問をした。
「ところで、片山さんは今後、ネットワーク・ビジネスを続けるつもりはないんですか？」
亮はむきになって答えた。
「続けるはずがないじゃないですか。続けたってうまくいくはずないし……」
そこまで話すと、亮は先ほどの青山の話を思い出した。
「片山さんは、もっと、冷静に物事を捉えてください。一つひとつの出来事に感情移入しす
ぎないように努めてください。一つひとつの出来事を一つの事実として受け止めてください。
例えば、グループが三十人から二十人に減って、がっかりしているようですが、増えては減
るものと理解できないでしょうか。増えては減って、そしてまた、増えては減ってと。そう
いうものなのだと。これがこの世の有り様なのだと。そう思うと気が楽になりませんか。こ
の世の有り様を理解し、それを受け入れてください。
ピークを基準にしないでください。ＡＢＣは頼まれないもの。説明会を開いても人は来な
いもの。人はやる気のないもの。原点は何もないもの。そういう風に考えてください。それ

にもかかわらず、ＡＢＣを頼まれるようにするにはどうしたらよいのか。説明会に人が集まるようにするにはどうしたらよいのか。どうしたら、人がやる気になるのか、脳がちぎれるほど悩み、考え抜いてください。片山さんは、それらに答えが出せますか？」

「いいえ」

「答えが出せないとしたら、試行錯誤、リサーチが足りないということです。仮説を立て、検証してください。それの繰り返しです」

亮は返す言葉がなかった。

「片山さん自身は、ＡＢＣを誰かに頼んだことがあるのですか？」

「いいえ」

「ないとすれば、それはどうしてですか。また、片山さんはこれまでに、何人の説明会に参加したことがあるのですか？」

「一人だけです」

「それはどうしてですか？」

「小松さんという方以外、良い説明会がないからです」

「それは思い込みではないですか。片山さんのグループの人も、片山さん同様、小松さんの説明会以外、参加する価値がないと考えている可能性はありませんか？　片山さんはどうして、やる気になり、そしてまた、やる気をなくしてしまったのですか。こういう風にいろいろ分析してください」

亮は恥ずかしくなった。自分がただ単に、楽観的すぎて、その通り楽観的に事が運ばなくて、がっかりしていたことに気がついた。

「片山さん。いつでも、ピンチはチャンスです。ピンチに感謝してください。ピンチは成長の糧です。アップラインの小松さんが、セミリタイアしたことにも感謝してください。そのお陰で、片山さんに、より大きなチャンスがめぐってきたわけですから。物事を一面からだけ眺めないでください。収入という観点から見れば、ひょっとすると、アンラッキーな面もあるかもしれません。より時間がかかるかもという点で。しかし、お金だけが重要なのではありません。今回、小松さんがセミリタイアすることで、片山さん自身で、説明会を開こうということになりました。自分の能力を磨くチャンスなのです。プレゼン能力を高めることは一生の財産になります。また、プレゼン能力が認められれば、他人からプレゼンを依頼されるようになり、人脈も増えますし、感動を得る機会も増えます。今日から言い訳はやめてください。言い訳をする分だけ、チャンスや運が逃げていくことを知っておいてください。言い訳は自分に能力のないことを正当化するために使われるものです。したがって、正当化する時点で進歩がなくなってしまいます」

青山は、ここでハーブティーをひと口すすった。

「片山さん。人間が悠々と入る大きな、ふたのない箱を想像してください。そして、その中に自分がいると。そして、自分はその小さな箱から飛び出したくなって、一つの方向に向かって歩き出します。しばらく歩くと、箱の壁にぶつかります。そして、その壁を乗り越えようとしましたが、乗り越えられません。そこで、今度は方向を変えて歩き出します。すると、また壁にぶつかります。そこで、また、その壁を乗り越えようとしますが、乗り越えられません。そこで、また方向を変えて歩き出します。また壁にぶつかります。また乗り越えられません。また方向を変えて歩き出します。これを繰り返すとどうなるでしょうか？」

「箱の中をぐるぐる回ることになります」

「その通りです」

青山は満足そうに答えた。

「壁にぶつかってそれを乗り越えないと、同じところをぐるぐる回らなければいけません。この箱を自分の器と表現してもかまいませんが、自分の箱、もしくは、器の大きさの分だけしか人生では実りを得られないのです。そして、残念ながら普段はこの壁がどこに存在するのか分かりません。したがって、壁にぶつかったら、ぶつかったことに喜んで、感謝してください。そして、壁にぶつかったら、迂回《うかい》するのではなく、壁を壊すか、乗り越えるかしてください。すると、また、その外側に次の箱が用意されていますので、どんどん乗り越えて、箱を大きくしていってください。

やり抜くことです。目標の途中に、百回の壁にぶつかって、打ちのめされても、這い上がり、『次は百一回目だ！』と言ってのける強い精神力を持ってください。壁にぶつかる度に、進路変更をするようなことをしないでください。一度、自分にとって本当に大切な目標を選び、進路を決めたなら、自分が予想するほど、どの道も平坦でないことを肝に銘じてください。したがって、始める前から、二、三か月以内に百人くらいのグループを作るというような大言壮語する人をあまり信用しないでください。本当に実力のある人は、初めに予想するほど、どの道も平坦でないことを知っています。始める前から大言壮語するような人は、得てして、本当は実力がなく、虚栄心が強い人です。言葉ではなく、行動で示す人を信用してください。

とにかくやり抜くことです。成功する人とそうでない人の差は紙一重です。その違いは粘り強さのあるなしです。一見、突破不可能に見える壁であってもあきらめずに突破し、自分の器を大きくしてください。成功する秘訣は成功するまで続けることです」

青山はおもむろに窓のほうに目をやると、ハーブティーをひとすすりした。雨が激しく窓に打ちつけていた。

「片山さんは、有名な祈禱師《きとう》さんの話は聞いたことがありますか。この人は、ある特殊な踊りをすることで、必ず、雨を降らすことができるそうです」

「えっ！　そんな人、いるんですか？」

「いるんです。理由を知りたいですか？」

「はい」

「なぜなら、この祈禱師は、雨が降るまで踊り続けるからです」

亮は思わず納得してしまった。

それでも、気持ちの整理のつかない亮はさらに、青山に質問をした。

「今の話はよく分かりました。とにかくやり抜くということですね。でもこの絶望感はちょっとやそっとじゃ解消されそうにありません。もう少し、ヒントをいただけないでしょうか？」

「分かりました」と青山はにっこり笑った。

「片山さん、ハーブティーのお代わりはいかがですか？」

「お願いします」

片山がそう答えると、青山はすっと立ち上がり、台所に向かった。亮には台所から戻ってくるまでの時間が非常に待ち遠しく感じられた。まるで、テレビのドラマがクライマックスの直前で終わってしまい、次週まで待たなければならないあの心境だ。

亮が窓の外に目をやると、雨降りが少し弱まったようだった。二、三分後、青山は台所から戻った。そして、テーブルにハーブティーを置くと、話を再開した。

「片山さんは、潜在意識についての話を聞いたことがありますか」

「言葉自体は聞いたことがありますけれど……」

「意識は顕在意識と潜在意識の二つから成り立っていると言われています。顕在意識とは、普段、われわれが意識している意識。潜在意識は意識していない意識です。意識を氷山にたとえると、海から上に見えている部分が顕在意識、海の下に隠れて見えない部分が潜在意識にあたると言われています。片山さんもご存じのように、海の上に見えている部分は氷山の一部で、大部分は海の下に隠れています。同じように、意識の大部分を占めているのが潜在意識であり、われわれの行動の大部分を司っているのは、実は、普段われわれが意識している顕在意識ではなく、潜在意識と言われています。潜在意識とは何か、別の言い方をすると、今までの人生の中で見聞きしたり、考えてきたすべての記憶といってもいいかもしれません。われわれはすべての出来事をいつでも引き出せる形で記憶しているわけではありませんが、実は、これらすべての記憶は、われわれが意識的に引き出せない形で、脳のどこかに保存されていると言われています。そして、この潜在意識は、ある一定量、繰り返し同じ情報を受け取ると、それを正しい情報として受け取ります。そして、頻度の多い順に、その情報の優先順位が決定されます。その情報が正しい、正しくないはさほど重要ではありません。重要なのは、その頻度です。頻度が多いものが最優先されます。

例えば、『片山さんは一年以内に死にます』というセリフを誰かに何度も何度も繰り返し言われたとします。そうすると、たとえ片山さんが健康体で、まったく根拠のないことであったとしても、片山さんの潜在意識は、自分は一年以内に死ぬものと認識しだし、片山さんの行動はそれを前提としたものに変わってしまいます」

青山にそう言われると、亮は妙に心配になった。自分が本当に死んでしまう気がした。

すると、青山はそれを察知するかのように付け加えた。

「安心してください。片山さんは、そんなすぐに死にませんから」

そう言われると、亮はなぜか安心した。青山より、自分自身のほうが自分の健康についてはよく知っているはずであるにもかかわらず、である。

「ところで、片山さんがたずさわっているネットワーク・マーケティングの会社はどんな人事および給与規定を採用しているのですか？」

「簡単に言うと、自分が三人をリクルートして、その三人がまた、三人をリクルートするということが継続すればするほど、順次、昇格していくプランです。でも、どうして急にそんなことを聞くんですか？」

「それは、片山さんに分かりやすいように、例を挙げて説明したいからです。では、片山さんがまず、自分の直属の後輩三人をリクルートしたとします。そして、一人が、三人をリクルートするという作業が片山さんの七期生後輩まで続くと、片山さんの組織は何人になりますか？」

「まず、一期生後輩の三人が三人ずつリクルートすると二期生後輩は九人です。その九人が三人をリクルートすると、二十七人です。二十七人が三人リクルートすると、八十一人です。この作業が七期生後輩まで続くと、二百四十三人、七百二十九人、二千百八十七人、六千五百六十一人となります。これを合計すると、九千八百四十人です。約一万人になります。いつもやってる計算です」

「一万人の組織ができると、収入はどれくらいになりますか？」

「少なくとも、毎年一億円の収入にはなります」

「各自が、たった三人をリクルートするだけで収入は毎年、一億円になってしまうのですね？」

「でも、現実には、そんなうまい具合にいくとは思えません」

「その通りです。では、どうして、そんなうまい具合にいかないのか説明してください」

「それは、みんながみんな、そうするはずがないからです」

「どうして、そうするはずがないと言い切れるのですか？」

「それは……」

亮は返事に窮してしまった。

「そうです。今、片山さんがおっしゃったように、みんな、そんなうまい具合にいくはずがないと思い込んでいるからです。では、どうしてそのように思い込んでいるのでしょうか？」

「分かりません」

亮は考え込んでしまった。

「三人リクルートすること自体は、それこそ命懸けでやれば、ほとんど誰にでもできることですよね。例えば、もし、一か月以内に、ただ、三人リクルートするだけで、毎年一億円、六人リクルートするなら、二億円もらえるとしたら、できない人、やらない人を探すほうが難しいですよね。一か月という条件をつけたとしても」

「はい。そう思います。それが本当だったら、僕一人で、三十人だってリクルートします」

「ということは、真剣にやれば、三人リクルートすることは、ほとんどみんなにできることと仮定させていただいてよろしいですね！」

「はい！」亮は当たり前と言わんばかりに力強く答えた。

「じゃあ、どうして、現実には、そうならないのでしょうか。三人リクルートして、毎年一億円もらえるだけでは割に合わないからでしょうか？」

「それはないと思います」

「では、どうしてでしょうか？」

「分かりません」

　青山はここで少し間をあけると話を再開した。

「それは、ほとんどの方が、そんな簡単に大きな収入が入るということはありえないと思い込んでいるからです。そして、どうしてそのように思い込んでいるかというと、そういう教育を受けてきているからです」

「そういう教育って、どういう教育ですか？」

「可能性を否定する教育です。例えば、子供が野球選手になりたいと言ったとします。すると、『あなたには無理』と初めから決めつける親がいます。子供が理由を尋ねると、『あなたは背が低いから』とか、『うちの家系には野球選手がいないから』とか、そんな回答をするのです。『そんなことを考えないで、勉強しなさい』と。『しっかり勉強して、いい大学に入りなさい。でないと、いい会社に就職できないわよ』と。『いい会社に就職できないと、いい給料がもらえないわよ』と。これでは選択肢は一つしかありません。親によって、可能性が限定されてしまっています。これでは、いい大学に入れなかった日には、その人の可能性はもうそこで終わってしまいます。いい大学に入ったとしても、可能性は限定されてしまっています。いい会社に就職する程度です。

『いい大学に入らなかったから無理』、『頭が悪いから無理』、『女だから無理』、『主婦だから無理』、『才能がないから無理』、『若いから無理』、『歳をとりすぎたから無理』、『お金がないから無理』と。生まれた時から、ほとんどの人が、両親や、友人、知人、テレビ等を通して『あなたには無理』というメッセージを繰り返し受けているのです。その結果、それらに根拠がなくても、潜在意識はそれらのメッセージを正しい情報として受け入れ、多くの人の行動規範になってしまっているのです。人の行動を司っている潜在意識が、『自分には無理』と決め込んで、行動に移さないのです」

青山はここまで話をすると、再び窓のほうに目をやり、ハーブティーをひとすすりした。

「ここで一つ、これに関連したお話をご紹介しましょう。ノミを小さな箱の中に入れておくとします。すると、当然、そのノミは箱の天井に飛び跳ねる度に、頭をぶつけます。そして、しばらくその箱の中にノミを入れておくと、そのノミは箱の天井に頭をぶつけないようにジャンプするようになります。そして、今度は、このノミを箱から取り出してみると、このノミはもう二度とその箱の高さ以上には、ジャンプしないのです。要は、繰り返し天井に頭をぶつけることで、自分で自分の限界を作ってしまうのです。

多くの方はこのノミと同じ状況にあります。冷静に考えれば、三人リクルートするということは簡単なことであるにもかかわらず、このノミのように最初から無理と決め込んでしまうのです。三人リクルートするということは、本当は誰にでもできることです。いい大学を出ていなくても、頭が少々悪くても、女性でも、主婦でも、特別な才能がなくても、若くても、歳をとっていても、お金がさほどなくても、できるのです。要は、みんなが自分の可能性に気づき、行動に移すことが重要なのです。そのためには、『自分にもできる』というメッセージを、『自分には無理』というメッセージよりも多く、毎日、毎日、受け取る必要があります。潜在意識は同じメッセージを繰り返すことによって、いつからでも変えることができます。したがって、まずは、片山さん自身が自分で自分にメッセージを送り、潜在意識のレベルで自分の可能性に気づいてください。そして、メッセージを送る時はなるべく声に出してください。自分で自分に言い聞かせるように語ってください。ゆっくりと。語りかける内容は何でも結構です。自分が望むことを語ってください。『自分にもできる』でも、『自分ならできる』、『自分は成功する』でも、何でも結構です。ただ、一つだけルールがあります。間違っても、それを唱える時、その内容を疑わないでください。『自分には無理だよな』

とか、『自分は成功するはずがない』などと思いながら、唱えないでください。そうすると、そちらのメッセージが潜在意識に入ってしまいます。

そして、自分の潜在意識を変えたら、今度は、自分のグループの方々が自分たちの可能性に気づくまで、繰り返しメッセージを送り続けてください。人の意識を変えるには繰り返し、繰り返し、ひたすら訴えるしかないのです。

ネットワーク・ビジネスにおいては、分かりやすい形で、本来、みんなが持っている可能性に気づかせてあげられます。それが、このビジネスの魅力でもあります。一人でも多くの方の可能性の扉を開いてあげてください。『できない教』の信者から『できる教』の信者に変えてあげてください。片山さんにはそれができるのです」

そう言い終えると、青山は亮の目をじっと見つめ、ゆっくり語りかけてきた。亮は青山の目に吸い込まれそうだった。

「片山さん。あなたは必ず成功します。必ず、です」

そう言うと一言付け加えた。

「私と出会ったのですから」

妙に説得力があった。

ここで、青山はハーブティーをすすり、ひと息ついた。雨のしとしとと降る音が聞こえてきた。それが妙に心地よかった。お互い、しばらく口を開かなかった。

「片山さんは、結婚披露宴で、シャンパン・グラスをピラミッド状に組み立てて、一番上のグラスから、シャンパンを注ぎ込むシーンを見たことはありませんか？」

「はい。あります」

唐突な質問だなと思いながらも、亮は答えた。

「ネットワーク・ビジネスはこの作業に非常によく似ています。シャンパン・グラスをピラミッド状に積んだからといって、一番上のグラスにだけシャンパンを注ぎ込んだとしても、当然ながら、一番下のグラスにシャンパンが注ぎ込まれるわけではありません。

同じように、ネットワーク・ビジネスを採用しているからといって、自分が誰かをリクルートして、待っているだけでは組織は拡大しません。

シャンパンを上から注ぎ込むという作業を続けて、初めて下のグラスまでシャンパンが注ぎ込まれるように、ネットワーク・ビジネスもコミュニケーションをとり、『あなたにもできる』というメッセージを送り続けて、初めてグループは拡大します。自分が伝えた人に『あなたにもできる』というメッセージを送り続けると、少しずつ、グラスの中にシャンパンが注ぎ込まれていくように、潜在意識が、『自分にもできる』という意識で徐々に満たされます。そして、さらに、同じメッセージを送り続けると、溢《あふ》れ出します。溢れ出して初めて、あなたが伝えたその人も同じメッセージを次の人に送るようになります。

また、伝えた人の中には、残念ながら、割れたグラスのようにいくらメッセージを送っても、メッセージが満たされない人もいます。そういう場合は、新しいグラスを見つけて、先にそちらを満たしてください。

そして、メッセージを送り続ける間隔をあけすぎないようにしてください。シャンパンを注ぎ込む量よりも、蒸発する量のほうが多いほど注ぎ込むスピードが遅くては、下のグラスまで満たされていかないように、メッセージを送る間隔をあけすぎてしまうと、その間に、壁にぶつかり、いつの間にか悲観的になり、『できない理由』を次から次へと挙げ出し、自分にはできないと思い出し、活動をやめてしまいます。常に『できる理由』に焦点を絞れるように、メッセージをひたすら、送り続けてください。組織が大きくなればなるほど、間隔を短くし、それこそ、最終的には毎日、何人もの人にメッセージを送ってください。

片山さんの場合は、三人リクルートすればいいという単純なことに意識を集中するようにグループをリードしてください。とにかく、『できる理由』に焦点を絞るのです」

亮は帰りの途についた。来る時の激しい雨はいつのまにかやんでいた。夕焼けが美しかった。亮は帰りの電車の中で、今日の出来事を思い出していた。青山はつくづくすごいと思った。青山と会う前は、絶望的な心境で、それこそ、ネットワーク・ビジネスなんて、もう絶対にやらないと思っていた。ところが、青山と会ったほんの数時間後には、満ち足りた幸せな気分になり、ネットワーク・ビジネスで成功する気になっている。

特に亮にとって一つのセリフが強く印象に残った。「片山さん。あなたは必ず成功します。必ず、です。……私と出会ったのですから」

亮はこの部分だけを何回もつなぎ合わせて、一枚のディスクに編集して、毎日、繰り返し聞こうと思った。いつものように、亮は今回もICレコーダーで会話を録音していた。また、亮は自分もグループの人たちに同じセリフが言えるようになりたいと思った。そのためには、青山のように説得力を持った人間になるよう努力しなければと思った。それと同時に言葉のパワーを初めて知った気がした。つくづく『言葉は言霊《ことだま》』、『はじめに言葉ありき』だと。

翌日、亮はABCを依頼するために小松に電話をした。自分のABCと小松との違いを実際に、五感を通して感じたかった。最初、小松の返事は、グループの人数も多くなりすぎてしまい、最近は、ABCは一切受け付けていないとのことだったが、亮の熱意に負けて、了承してくれた。小松は断っても、熱心に頼んでくる亮を頼もしく思ったらしい。小松は、A

ＢＣのＡ役になることを了承すると、二つの条件を亮に提示してきた。一つ目は、相手に小松の指定する場所に出向いてもらうこと。これは、小松が楽をしたいからではなく、こうすることで、相手よりも立場が上になり、ＡＢＣの確率が高まるからだ。二つ目は、小松の指示するようにティーアップすることだった。小松はいつも使っているプロフィールを亮にメールしてきた。プロフィールを送ってもらって初めて、自分のグループの人たちの立場が理解できた。亮は自分のプロフィールをグループの人たちに渡していなかった。それで、どうやって、自分をティーアップしろというつもりだったのだろうか。小松の指示は適切で親切だった。『自分が最も信頼する方で、……多忙を極める方なのですが、今回特別に、時間を作っていただけたので、……』と紹介するようにとプロフィール文に添えてあった。

　亮は自分の知り合いの中で、最もリクルートするのが難しいと思われる人物を相手として選んだ。名前は藤田宏司《ひろし》。高校時代の同級生だ。宏司は昔から秀才で、海外留学しＭＢＡを取得していた。現在は外資系のコンサルタント会社に勤めていた。宏司は亮の友達の中ではぴか一の優等生だ。亮は思った。宏司みたいな人間が一緒に仕事をしてくれれば箔《はく》がつくし、頼りになると。宏司は仕事が忙しかったが、今回、何とか時間を作ってもらえた。

　ＡＢＣ当日、宏司は約束の時間の七時より、少し前にやって来た。宏司は相変わらずハンサムで、立派な体軀《たいく》をしていた。その鍛えられた体にスーツがよく似合った。

待ち合わせ場所は、恵比寿駅近くのウェスティンホテル東京の一階ロビー。高さ十メートルはある高い天井が印象的だった。フロアはイタリア大理石でできており、黒を主体とした巨大な幾何学模様は〝芸術品〟の一言で、そのフロアと高い天井を茶褐色の大理石でできた直径一メートル以上ある巨大な柱が結んでいた。そして、その巨大な室内空間に鮮やかな緑をつけた植物が彩りを加えていた。緑、茶褐色、黒のコントラストが、厳粛で、気品のある雰囲気をかもし出していた。

亮にとって、初めて訪れる場所であり、そこにいるだけで身が引き締まった。宏司も、今回、この場所が初めてなのか、いつもと違い少し緊張した面持ちだった。

小松が時間通りに到着すると、お互いの自己紹介が始まった。自己紹介が終わると、宏司はブレンドコーヒーを注文した。亮も小松も同じものを注文した。さらに小松はピザを注文した。みんなで軽くつまみながら、話ができるようにとの配慮だ。そして、小松は、「コーヒーはお好きですか？」と宏司に質問すると、コーヒーの起源や歴史等の豆知識を披露した。その後、小松は宏司に次から次へと質問をし始めた。ひたすら小松からの質問が続いた。そして、宏司の話を聞いては大きくうなずき、感心しているようだった。仕事に関する質問が中心だった。小松とのやり取りを聞いて分かったことは、予想以上に宏司は仕事ができるということだった。宏司には、あちこちから引き抜きの話が舞い込んでいた。次第に冗談も飛び出すようになり、和《なご》やかな雰囲気の中で会話が進んだ。小松は宏司の話に聞き入っていた。会話に熱中してくると、宏司は上着を脱いだ。宏司はコンサルタントらしく、サスペンダーでズボンを吊り上げていた。ただ、会話が始まって一時間が経っても、小松は一向に仕事の話を始める気配はなく、亮は、今日はこのまま終わってしまうのではないかと心配になった。お互いに、気が合いすぎて、仕事の話をするのを忘れてしまったのだろう。亮は次第にイライラしてきた。すると、今度は宏司が小松に質問を始めた。宏司は小松に興味津々な様子だった。小松の仕事の話になった。そして、二十分程度、仕事の話をしたかと思うと、宏司は、自分もその仕事にチャレンジしたいと、いきなり言い出した。亮は初め、何が起きたのか分からなかった。小松は、ただ、宏司の質問に答えただけのように思えた。

亮は家に帰り、先ほどのＡＢＣを振り返った。なぜ、あんなにあっさり、宏司は興味を示したのであろうか。何事にも慎重な宏司が。うれしい半面、ショックでもあった。自分のプレゼンのほうが情報量も圧倒的に多く、充実しているのに、なぜ、自分は一度もＡＢＣに成功したことがないのか不思議に思った。ただ、これまでは運が悪かっただけなのだろうか。

そんなことを考えていると、小松から電話がかかってきた。亮は自分からお礼の電話をかけるべきだったことを恥じた。

「小松さん、今日は本当にありがとうございました。本来はこちらからお電話すべきところ、お電話まで頂戴して恐縮です」

「そんなことは気にしないでください。そんなことより、今日電話したのは、一つお願いがあるからなんです。宏司さんとなるべく早い段階で、もう一度、お会いするか、電話を入れておいてください。できれば、二日以内に会ってください。仕事が終わった後、たとえ一時間くらいでも。どんなに遅くとも一週間以内にお会いするか、最低、電話を入れてください。フォローアップが大事です」

「二日以内ですか？」

「気に入った女性に出会った時と一緒ですよ。相手に忘れられないうちに連絡を取るでしょ。一週間もあいちゃうと気まずくなりますよね。相手も本気に思いませんよね。同じです。一週間も間をあけちゃうと、ビジネスの話をしにくくなってしまいますし、亮さんは本気でないのだなと思われてしまいます」

「なるほど、分かりました。ところで、会ってどんな話をしたらよいのですか？」

「亮さんが、伝えたいことを素直に伝えてください。ただし、内容を絞ってください。人はあれもこれもと、一度にしゃべりすぎちゃうんです。今日の話を繰り返しても構いません。人は繰り返し同じことを言うのを恐れるんですけどね。馬鹿と思われるんじゃないかって。心配しないでください。人は、三十分前に聞いたことだって、一〇パーセントも口に出して言えないんですから。聞けば分かるんですけどね。初めて聞く内容の時は特にそうです。T、A、E、P、E、R、S、U、C、O、Fと言ってみてください」

「T、……」

「言えないですよね。じゃあ、今度は、T、Aと言ってみてください」

「T、A」

「繰り返し、言えますよね。焦点を絞ったからです。一度に多くを伝えようとすると、何も伝わらないんです。ただ、さっきは、FOCUS（集中）とREPEAT（繰り返し）を逆から読んだだけなんですけどね。FOCUSして、REPEATしてください。このビジネスのキーワードです。忘れないでください！」

「はい！」

「それと、会う時に、できれば、事業内容を説明したDVDを渡しておいてください。もし、何なら、DVDを渡すためだけに、宏司さんを訪問するのも効果的ですよ。郵送するんではなく、届けるんです」

「どうして、郵送じゃだめなんですか？」

「郵送じゃ、『想い』が届かないからです。よく、人にDVDを渡しても、見てもらえないと嘆く方がいるんですけど、そういう方は決まって、DVDを郵送している人です。もしくは、手渡ししたとしても、同時に他のことをしゃべりすぎているんです。おしゃべりしすぎると、訪問の目的がボケちゃうんです。ただ、渡して帰ってくれれば、もらった人はそのDVDを渡すために来たんだなって分かりますよね。ここでも、FOCUSです」

「なるほど……」

「そして、ここが大事な点なんですが、今度、連絡を取っても、間違っても、宏司さんに契約書にサインするように促さないでくださいね。相手から、契約方法を聞いてくるまで待ってください。今回の件に限らず、結果を急いで、相手の反応を尋ねないようにしてください。反応を尋ねると、その先には『受諾』か『拒絶』が待っています。『伝える』ことに終始してください。そうすれば『拒絶』されずに済みます。反応をこちらから尋ねると、これは『押し』売りになり、相手に嫌がられます。テレビになったつもりで、CMのように繰り返し、繰り返し『伝え』てください。REPEATしてください。一度だけのTVのCMはありませんし、TVのCMはいつでも『伝え』っ放しです。結果が出るまで、『伝え』続けてください。

また、結局、説得して契約を取ったとしても、そういう人はその後、動かないケースが多いんです。逆に、自分から連絡を取ってくるような方が次のリーダーになります」

「なるほどね。よく分かりました。ところで、話を変えちゃってもいいですか？」

「いいですよ」

「一つ不思議に思ったんですけど、失礼な言い方ですけど、どうして、宏司はあんなに簡単に興味を示したのですか？」

「あっ、それですか。それには理由があるんです」

「何ですか。それは？」

「内緒です」

「…………」

「ウソですよ。教えてあげますよ！」

「びっくりさせないでください」

「信用を売ったんです」

「信用……」亮はここでも、また「信用」かと、思った。

「片山さんは、不思議に思っているんですよね。大して、仕事の内容を説明していないのに、宏司さんが興味を示したことが」

「そうです」

「片山さん、私が今日、最初、ずうっと質問ばかりしていたのは覚えてますよね？」

「はい」

ていた。

「どうしてだと思います？」

「さあ、分かりません」

亮は小松が質問ばかりしないで、早くビジネスの話を切り出してくれればいいのにと思っていた。

「それは、相手の話をよく聞くことで、信用できる人間だと思ってほしかったからです。一方的に話をする人は信用できないですよね。人は自分の話を聞いてほしいんです。子供は親に傷口を見せますよね。人は、本当は傷口だって他人に見せて、同情を得たいんです。大人になると誰も傷口を見てくれる人がいないんです。話を真剣に聞いて、同情してあげてください。感情を込めて、大きくうなずいてあげてください。そういう人に人は安心感を覚えます。優しさで包み込んであげてください。『自分がしてほしいことを他人にしてあげなさい』という格言がありますが、これはいつの時代でも真実です」

亮は話を聞きながら、自分のＡＢＣを思い出していた。亮はいつも一方的に話を進めていた。

「私が、いくら仕事の話を伝えても、信用されなければ、ウソに聞こえてしまい、意味がないんです。質問をし、相手の話をよく聞くことで信用が得られ、その相手の状況を知っている人間から『これはあなたにとって、理想のビジネスです』と言われたらどうでしょうか？

説得力がありますよね。相手の状況を知らない人間がいくら、『あなたにとって、理想のビジネスです』といったところで、説得力はありません。宏司さんが言ってましたよね。コンサルタントという仕事はしょせん、裏方だと。どんなに頑張っても、自分の功績として、社会的に認められないって。そこに宏司さんのニーズがあるわけです。本来、ビジネスは相手のためにするものですから、勧める前に相手に合うものか確認する必要があるんです。口は一つですが、耳は二つありますよね。一つ、しゃべったら、二つ、聞くように心掛けてください。みんな、自分が、自分がとなってしまいますが、己を捨てる努力をし、利他の精神を養ってください」

「やっぱり、小松さんは、すごいですね！」

「すごくないですよ。みんな、『バイブル』に書いてあることです。『バイブル』は、とにかく、繰り返し読んでください。読む度に、新しい発見がありますよ。ここでも、REPEATですね！」

亮は電話を切ると、『バイブル』を読み返した。

『信用。それを得ることは、誰にとっても本当に大きな財産となります。信用さえ得られれば、何か事を起こすことは、比較的、簡単だと思うのです。逆に言えば、信用がなければ、なかなか事は始まりません。人からお金を借りることも難しければ、何か企画を立てたとしても、なかなか人から賛同を得られず、そこに人は集まりません。

「ブランド」は、日本語に訳すと、「信用」です。「ブランド」の語源は「バーンド（焼き付けられた）」です。お酒の樽に焼印を付けて、それを信用の証としたのがブランドの始まりです。

しかしながら、信用を得るということは、本当に重要なことでありながら、残念ながら、容易なことではありません。主婦や学生はおろか、会社に勤務している人でさえ、信用というものについて、意識している人は少ないのではないかと思います。個人に信用がなく、会社の看板、信用で仕事をしている人が多く、会社を辞めてしまうと、ただの人、というのはよく聞く話です。では、信用を得るにはどうしたらよいのでしょうか。当然、ウソをついたり、約束を破ってはいけません。誠実に、常に全力で事にあたることを継続して、初めて得られるものだと思います。今、「常に全力」と言ったのにはわけがあります。

例えば、あるレストランのアルバイトの時給が六百円だったとします。すると、通常は、時給が安いと判断すると、手を抜いて、六百円分の仕事をしようとします。そうすると、どうなるかというと、本当に、一時間六百円分の人生を送ることになります。自分で自分の人生を実りの少ないものにしてしまいます。ところが、その倍の千二百円分の仕事をするとどうなるかというと、時給千二百円分の人生が送れます。お金という形では、時給六百円分しか受け取りませんが、残りの六百円は信用という形で受け取ります。アルバイト仲間のみならず、当然、店長にも一目置かれます。したがって、そういう状況で、この店長をネットワーク・ビジネスに誘ったとしたら、あなたがそう言うならということで、参加するかもしれません。また、お客の中にも、あなたの接客ぶりに注目して、「自分の会社で働かないか」と声がかかるかもしれません。

　また、こうした信用はなかなか報酬として返ってこない場合もありますが、心配する必要はないようです。報酬として長い間返って来ない時は、その間、この信用には利息がつき、後々、大きくなって返ってくるようです。そして、その信用は、期待を裏切らない限り、一生の財産になります。ただし、一回でも、期待を裏切ると、その信用は失われてしまいます。

　信用を得るのは難く、失うは易しです。

　また、信用を得るには、「見た目」にも注意を払ったほうがよいでしょう。よく、「銀行は信用が第一」という言葉を聞くかと思います。これは、もし、自分で銀行を開くチャンスがあったとして、その銀行の窓口に自分が座っていることを想像してください。そして、その新しい、聞いたこともない銀行に自分がお客として訪れ、窓口にいる自分の姿を見て、安心してお金を預けることができるかどうか想像してください。「その行員はそのお金を持って、逃げてしまうかもしれない」と思われるようではいけません。安心して、お金を預けても良いと思われる格好をする必要があります。また、店構えも重要なポイントになるでしょう。みすぼらしい銀行では、中にも入ろうとは思わないのではないでしょうか。店構えがその銀行のグレードを想像させるように、ＡＢＣを行なう場所や利用する説明会場がそのビジネスのイメージを作りあげます。信用を一から創っていくためには、そんなところにも気を配る必要があるでしょう。

あなたの信用を創ることから、すべてが始まります』

亮は再度、読み直して、信用の重要性を初めて痛感した。一度、読んだ時はただ、字を追っていただけだった。亮はなぜ、自分のＡＢＣがうまくいかなかったのか、そして説明会に人が集まらなかったのか、やっと理解できた。要は、亮がグループの人たちに信用がないのだ。今のグループは小松の信用でできたグループだったのだ。そこで、まずは、グループの人に一人ひとり会って、人間関係を作り、自分の信用を創ろうと決意した。そして、亮は自分のプロフィールを作り、グループの人に配ることにした。自分という人間を信用していないから、グループの人たちは、自分にＡＢＣを依頼しないのだ。また、説明会場も、今後は、区民センターを利用するのではなく、綺麗でゲストが安心して参加できる会場に変えることを決意した。ゲストの人たちに、信用できる会社の説明会だと分かってもらえる会場にしなくてはと思った。みんなが楽しく、誇りを持ってこの仕事にたずさわれるようにしようと。

そんなことを考えると、亮はうきうきした気分になった。

亮は『信用を創ることから、すべてが始まります』の意味がようやく理解できた気がした。

亮は翌日から、グループの人たちにアポ取りのための電話をかけ始めた。電話をかけた約二十名のうち、七名が会う意思があるとのことだった。そして、幸いなことに、亮のグループのほとんどが東京周辺に住んでいた。なぜなら、ほとんどの人が小松の説明会に参加して、登録していたからだ。

ただ、亮のもともとの知り合いは、不思議と、みな一様に会う時間がないとの返事だった。亮は十人近く、自分の知り合いをリクルートしていたのだが。

亮は、基本的には、グループの人たちとは一対一で会ったが、二、三人同時に会うこともあった。会う場所はなるべく、会社のロビーにした。初めて訪れる人がほとんどだった。そして、相手に問いかけては、話をじっくり聞くようにし、相手を理解するように努めた。そのうち気の合う仲間ができた。

一人は、大島拓也。四十二歳。歳の割に白髪が目立った。これまでに何度も転職を重ねていた。今は、タクシーの運転手をしている。前回のネットワーク・ビジネスには三年以上たずさわっていたが、まったく結果が出なかったらしい。三人の娘がいて、築三十年近くになる木造の1LDKのアパートに家族五人で暮らしている。電話料金の支払いを滞納して、電話が不通になることもあり、生活はかなり苦しいようだ。それでも、性格は飛びっきり明るく、一緒にいるだけで楽しい人間だ。

もう一人は江本純一。二十七歳、独身。痩せ気味の長身でおしゃれな眼鏡をかけている。友人の大介に頼んで紹介してもらったネットワーク・ビジネス経験者だ。他のネットワーク・ビジネスを色々経験しており、ネットワーク・ビジネスの情報に詳しかった。以前にかかわったネットワーク・ビジネスでは、商品の買い込みをさせられ、大きな借金を作った経験があった。

江本の話だと、実際問題として、ネットワーク・ビジネスと称して、ただ単にねずみ講をカムフラージュしたものが多いらしい。そして、それらの話はどれも、誰が聞いても初めのうちはいかにも怪しい話だと思うのだが、著名な経済学者による新しい経済理論を駆使した革命的なビジネス手法だの何だのと、もっともらしいようなわけの分からない説明を聞いていると、いつの間にかその気になってしまう。なぜなら、そこで謳う多額の収入を手に入れたいという期待感から、その話が本当であってほしいと願うようになり、みんな冷静さを失ってしまうからだ。江本いわく、わけの分からない権威が登場したり、革命的な経済理論をかかげるような話が出てきたら、注意が必要だということだ。残念ながら、ネットワーク・ビジネスと称するそういった詐欺話がいまだに多く、そういった事実がまっとうなネットワーク・ビジネスとの区別をより複雑なものにしてしまい、この業界のイメージ全体を悪くしている。

江本は常に、色々なネットワーク・ビジネスの会合に参加しては、新しい情報を仕入れていた。亮にとって、江本は貴重な情報源となった。ただ、どちらかというと、ちょっとおしゃべりで、時たま人の癇に障るところがあった。

　大島、江本、亮の三人は、いつの間にか、暇さえあればいつも一緒にいるようになった。亮にとって同じ目的意識を持った人間を身近に得られたことは大きかった。

　大島はある時、こんな話を披露してくれた。それはファミリー・レストランでの話だ。

「昔、オレね。二十年以上前の話なんだけど、それまで働いてた会社を辞めて、一人、世界一周旅行に出たんだ。何か生きがいを見つけたくてね。最初、フィリピンに入って、西へ西へと向かったんだ。そして、インドのカルカッタに到着したんだ。亮、カルカッタってどんな所か知ってる？」

「あんまりよく知らないな。貧しいっていうのは聞いたことがあるけど……」

「そう、本当に貧しい街なんだ。街の真ん中に大きな川が流れてるんだけど、そこでみんな排便をし、同時にみんなそこで体を洗ってるんだ。死体も流れてる。土色に濁った川で、カルカッタの汚物をみんな洗い流してるんだ。また、カルカッタは顔がただれている人や、手足のない人で溢れてるんだ。親が自分の子供たちの手足をもぎ取ってしまうんだ。観光客に同情してもらって、お金を恵んでもらうために。信じられる？」

そう語る大島の顔は悲痛だった。

「それで、オレは急に寄付がしたくなったんだ。この子たちに少しは役立ちたいと思ってね。オレってそんなタイプの人間じゃなかったはずなのに。それで、滞在先のホテルで、教会は近くにあるかって尋ねたら、マザー・テレサ教会があるって言うんだ!」

「マザー・テレサ教会?」

「そう。で、ホテルの人に教会の場所を聞くと、知らないって、言うんだ。不思議だろ!」

「なんで?」

「よく分かんないんだけど、どうやら、みんな教えたくないみたいなんだな。それで、仕方ないから、自分で探すことにしたんだ。人力車に乗って。そう、はだしで引く人力車に乗ったんだ。そして、一時間くらいかけてようやく、教会に到着したんだ。道案内の子供たちを引き連れて。途中、スキムミルクを彼らに買ってあげたりしながら。そして、教会に入るや否や、いきなりシスターがオレに怒り出したんだ。すごい形相で」

「どうして?」

「ミルクを買ってあげたからさ。最初、オレは意味が分からなかったよ。子供たちは、そのミルクを売って、そのお金でドラッグを買うらしいんだ。これだから、観光客は困るって!」

「なるほどね」

「そして、しばらくすると、日本人のシスターが出てきて、お祈りは六時からだから、それまでよかったら、チルドレン・ハウスでも見学しませんかって言うんだ」

「チルドレン・ハウス？」

「要は、孤児院だな。そこでの光景は本当にすごかったよ。本当に体の不自由な子供たちばかりだったんだ。オレが行った時はちょうど、夕食が始まる時間で、ボランティアの人たちが、手のない子供たちに食事を与えてるんだ。まず、それらの人たちの献身的な姿を見て感動したね。で、また、何が感動したって言うと、子供たちの瞳なんだ。みんなの瞳が本当に輝いてるんだ。無邪気な瞳なんだ。あんな瞳は見たことがないね。オレは一生あの瞳が忘れられないよ。みんな五体満足じゃないのに、幸せそうなんだ。ショックだったね。それに引きかえ、自分は五体満足で、よっぽど裕福だったのに幸せじゃなかったんだ。そして、そこで、子供たちとしばらく遊んだ後、お祈りの時間になったから、教会に戻ろうとしたら、手を振りながら、子供たちがみんな追っかけて来るんだ。別れを惜しんで、よろよろしながら、一生懸命。その輝いた瞳でニコニコと。分かる？　オレは涙が止まらなかったよ」

そう言う大島の瞳は涙で潤んでいた。

「そして、教会に戻り、お祈りを捧げたんだ。『五体満足であることに感謝します。そして、こうした不幸がなくなりますように』って。オレは本当に、あるがままの自分に感謝しなければならないって思ったんだ。なんて幸運なんだろうって。そして、同時にそうしたことを教えてくれた子供たちにも感謝したよ」

亮はもらい泣きしそうになるのをこらえた。

「そして、お祈りが終わると、一人のシスターが自分のところに近づいて来て、尋ねるんだ。マザーにはもう会いましたかって？」

「マザーって？　まさか？」

「いいから、黙って聞いて。いいえ、って答えると、そこで待ってなさいって。すると、奥からマザー・テレサが現われたんだ。そんなところにいるとは思ってなかったからびっくりしたよ。そして、目の前に来て、話しかけてきたんだ。『子供たちにほどこしを与えるのではなく、声をかけてあげたり、抱きしめてあげてください』って。優しい瞳だった。そして温かかったよ。瞳を通して、愛が送られてくるようだった。そして、その後、マザー・テレサが『これからみんなで、あなたの旅立ちをお祈りしましょう』って言って、そこにいた何人かで手をつないで輪になって、オレのためにお祈りをしてくれたんだ。すごいだろ？」

亮はうなずいた。

「オレはそれ以来、人の役に立ちたいと強く思うようになったんだ。マザー・テレサやあそこにいたボランティアの人たちのように。そして、その後、日本に帰って来て、いろいろ仕事をやる中で見つけたのが、ネットワーク・ビジネスだったんだ。これほど人に尽くせる仕事はないって思うんだ。目の前にいる人間に対して、自分には何ができるだろうって考えることから始まるこの仕事が大好きなんだ。人間対人間の真剣勝負だろ。最高だよ。そして、それこそ、大きな組織ができたら、ボランティア活動もできるだろ。まあ、もっとも、今の状態じゃ、逆に生活保護を受けなきゃならなそうだけどね！」

そう言って、大島はいたずらっぽい笑みを浮かべた。

亮はそんなことを熱く語る大島が好きになった。

亮は自信をなくしたり、落ち込んだりすると、よく大島に電話をかけた。そんな亮に大島は決まって、こう言うのだった。「Ｊｕｓｔ　Ｄｏ　Ｉｔ！（やるっきゃない！）」。そして、大島はいつも、豪快な笑い方をした。大島のその豪快な笑い声や快活さに触れると、ほとんどの悩みはちっぽけなものに感じられた。

また、江本は江本で亮のグループを不思議なくらい応援してくれた。自分の収入にまったく関係のないところでも応援してくれたのだ。江本はフットワークが軽く、自分のグループ以外のところにも、こまめに足を運んではネットワーク・ビジネスの経験者としての貴重なアドバイスをしてくれた。

亮はこういった仲間と一緒に仕事ができることをありがたく思った。

亮は、その他のグループの人たちともコンタクトを取り、できる限り会う時間を作るようにした。そして、リストアップを一緒に行ない、その場でアポ取りをしてもらった。アポ取りといっても、ただ単に会って、相手の現状を把握するためのアポなのだが、みんなやるべきことを先延ばししてしまう。みんな自分の習慣を変えられないのだ。きっかけを作ってあげる必要があった。

そのうち、ABCもどんどん依頼されるようになった。確率も徐々に上がってきた。近頃では、三〇パーセントに近い確率で契約が取れるようになっていた。そして、グループも徐々に拡大し、五十人近くになった。

また、グループの人たちの話をよく聞くことでどんな点に悩んでいるかも理解できた。みんな、基本的には自分に自信がないのだ。そこで「あなたにもできる」というメッセージをできる限り送った。亮はグループの人たちに「あなたにもできる」というメッセージを送っているうちに、気づいた。実は、同時に、自分自身にも同じメッセージを送っていることに。亮は心の底から、自分が大きな組織を作ることができる気がしてきた。

ただ、亮はその後も、自分のもとからの知り合いに連絡を取っては、近いうちに会えるように努めたが、返事はいつも同じだった。みんな「忙しい」の一点張りだった。亮は何かがおかしいと思った。みんな、どこかよそよそしかった。

小松にＡＢＣをしてもらった宏司も同様であった。

また、亮は、自分のグループが少しずつ拡大していることを嬉しくも思ったが、そのペースの遅さに困惑した。会社を辞めてフルタイムでこの仕事にたずさわるようになって半年が経過したが、収入はいまだ月に五万円程度だった。電話代や交通費、ミーティング代等の諸経費を勘案すると完全に赤字だった。自分が半年間、フルタイムでこんなに一生懸命にやっても、月に五万円程度の収入にしかならなかったことを考えると、この仕事を人には勧められないと思うようになっていた。確かに、続ければ、いつかは大きな組織を作ることができるような気がしてきたが、その一方で、ほとんどの人が結局、続けられないのではないかというジレンマに陥ってしまった。

第三章　感謝

「すべてに感謝」

亮は再び青山を訪ねることにした。この日は、東京にしてはめずらしく、昨夜から続く雪が強く吹きつけていた。東京は一面が雪景色と化していた。亮は広尾駅に到着すると、タクシー乗り場に向かった。しかしながら、昼時だというのに、タクシー乗り場には長い行列ができていた。チェーンをつけた車のガーという音がうるさかった。亮は仕方なく、歩いて青山の家に向かうことにした。吐く息はくっきりと白く、吹きつける雪が体に堪《こた》えた。曲がりくねった雪の坂道をのぼるのは辛く、買ったばかりのプレーントゥの靴はびしょ濡《ぬ》れになった。

いつもの倍以上の時間をかけて、ようやく青山の自宅に到着した。部屋に案内されると、青山はいつも通りハーブティーでもてなしてくれた。冷えた体にハーブティーがしみわたり、体が解凍されていくようだった。亮は一息つくと、青山に早速、自分の窮状を訴えた。

「青山さん。正直言って、ネットワーク・ビジネスほど、割に合わないビジネスもないのではないかと思うんです」亮は寒さのせいか、顔面蒼白だった。

「どうしてですか？」

「この半年間、自分はフルタイムで今の仕事を続けてきました。自分の中では、全力をつくして、できる限りのことをしてきたつもりです。ところが、今月の収入は五万円しかなかったんです。活動経費を差し引くと、実質、赤字です。これじゃあ、学生のアルバイト以下です」

「その通りです」

亮はがっかりした。亮はこんなことを自分で訴えておきながら、青山が自分の主張を否定してくれることを期待していた。亮ががっかりしていると、青山は付け加えた。

「今、やめてしまえば」

青山はここで言葉を止めた。そして繰り返した。

「今、やめてしまえば、割に合いません」

亮はつぶやいた。

「今、やめてしまえば……」

「そうです。何事も中途半端でやめてしまっては割に合いません。例えば、百のプロセスで完成する製品があって、九十九のプロセスで製造をやめてしまったとします。すると、その製品は売り物にならず、九十九の努力は無駄になってしまいます。別の例を挙げましょう。実際にあった、ある石油採掘師の話です。その男は油田を発掘しようと、何年も何年も、自分の人生をかけて掘削作業を続けていました。そう、お金も時間もすべてをかけてです。彼はその場所から、巨大な油田が発見されることを確信していたのです。ところが、全然、油田が見つからないので、その男はついにあきらめてしまったのです。そこに、別の採掘師がやってきて、彼が途中で掘削をやめてしまったところを掘ってみたのです。すると、すぐに石油が出てきたのです。ネットワーク・ビジネスもこれと同じです。鉱脈が見つかるまで、掘り続けてください。縦に深く、何本も掘ってください。自力で組織を作れる人が見つかるまで縦に掘るのです」

亮は納得してしまった。

「これは、別に事業に限ったことではありません。年功序列を採用している会社に勤めている場合、給料面のみを考えた場合、通常、若いうちに退職してしまうと割に合いません。また、考えようによっては、月五万円という収入は少なくありません」

「どうしてですか？」

亮は思わず、口を挟んだ。

「もし、片山さんの現在の収入が、お客さんが本当に商品を気に入っていて、ずっと購入し続ける意思のあるお客さまから発生しているとします。とするなら、年間で、五万かける十二で、六十万円の収入が発生することになります。十年で六百万円の収入になります。ネットワーク・ビジネスは、アルバイトのような一時収入ではなく、金利収入です。片山さんが信用を積み重ね、その信用の貯金から発生する金利が既に月五万円もあると考えるならば、すごいことではありませんか？　もちろんこの貯金は引き出すことが可能です。片山さんのディストリビューターの権利を場合によっては、六百万円で購入してもよいという方がいるかもしれません。信用を貯金しているんだと解釈してください」

「なるほど……、そう考えるとすごいですね。仮に三分の一しか継続して購入しないと仮定しても、年間二十万円の収入になりますね。十年で二百万円。二十年で四百万円ですね。しかも、私のグループの中に既に鉱脈が含まれていたら、更に増幅しますよね。普通の事業はオール・オア・ナッシングですものね。そう考えると本当にすごいですね！」

亮は少しほっとした。

「でも、もう少し早く、組織を作る秘訣はありませんか。現実問題として、今のペースでは生活が成り立たなくなってしまいます」

「分かりました。お教えしましょう。

秘訣と言えるほどのことではありませんが、ペースをあげたいのなら、女性をターゲットにしてください。女性は男性と比べると、断然行動力があります。男性は、通常、すべてを把握するまで行動に移しませんが、女性は、商品の良さを体感したり、何かに感動すると行動に移します。そして女性はフルタイムで活動する可能性が高いです。男性はなかなか仕事を辞められません。女性には、感動を共有する機会を提供し、男性には、大きなビジョンを見せる機会を作ってください」

「大きなビジョンって、例えばどんなものですか？」

「今、日本の小売業の中で、一番元気なのが、コンビニエンス・ストアです。なぜ、コンビニエンス・ストアが元気かと言うと、今のニーズに当然、合致しているからです。

どういうニーズに合っているかと言うと、『いつでも、どこでも』というニーズです。今日、われわれは、『いつでも、どこでも』というニーズのためには、喜んで高い対価を払います。例えば携帯電話もその好例です。コンビニエンス・ストアは『いつでも、どこでも』というニーズを上手に汲み取ったのです。

また、今は、消費者サイドのニーズについて話しましたが、供給サイドのニーズについても言及する必要があります。われわれ日本人の多くは、潜在的に独立するチャンスを求めています。ところが、日本では雇用の流動性に乏しいため、実際には、独立せずに一つの企業で働き続けます。そこに、コンビニエンス・ストアの本部がノウハウと事業機会を提供することで、そのニーズを汲み取りました。

いくら、『いつでも、どこでも』という消費者の強いニーズに合致したからといって、フランチャイジーとして出店し、独立したいという強いニーズが日本になかったのなら、これほどのスピードでコンビニエンス・ストアが普及することはなかったはずです。コンビニエンス・ストアは、需要サイドと供給サイドの二つのニーズにマッチしたので発展したわけです」

亮はコンビニが発展した理由について、需要サイドと供給サイドの二つの面から考えたことがなかった。亮はこれまで、需要サイドのみに注目していた。

「また、コンビニエンス・ストア一店舗当たりの売上高は、さほど大きくありませんが、多くの加盟店を集めたことで、グループ全体としては、大きな売上げを持つにいたりました。例えば、日本で今一番大きなお米の購入者はセブン - イレブンです。また、その他、ポテトチップスやチョコ、ジュース等を日本で最も大量に仕入れているのがセブン - イレブンです。したがって、セブン - イレブンはそれらの商品を最も安い値段で仕入れています。そして、その安く仕入れた商品に『いつでも、どこでも』という付加価値を加えることで、ほぼ定価で販売することを可能にしています。安く仕入れて、高く売るから、セブン - イレブンは儲かるのです。現代のように、供給過多の時代は、消費者をつかんでいるものが勝者になります」

亮は初めて聞く話に、どんどん引き込まれていった。

「そして、私は、コンビニ発展の原動力となった、これら二つのニーズをより上手に汲み取る可能性のあるものがネットワーク・ビジネスだと考えています。まず、ディストリビューターは一種のフランチャイジーとも言えます。コンビニエンス・ストアのフランチャイジーになるためには、通常、数千万円かかりますが、ディストリビューターになるには、通常、数千円です。ネットワーク・ビジネスは、より簡単に独立するための機会を提供していると言えます」

亮はなるほどと思った。ディストリビューターは一種のフランチャイジーなのだ。

「そして、今後、インターネットがますます普及すると、大勢のディストリビューターを抱えたネットワーク・ビジネスの本部はディストリビューターのためのバーチャル・モールをオープンするようになります。そして、多くの会員を抱えるネットワーク・ビジネスの本部は、そのバイイング・パワーを利用して、安く商品を仕入れ、数ある宅配業者の中で最も安い運賃を提示する業者を通して配達します。

そして、本部はそのサイトでの買い物にポイントを付けたりしながら、ディストリビューターがそのサイトで商品を購入するインセンティブを作り、消費者を囲い込みます。

すると、将来的には一日に何万人ものディストリビューターの携帯電話などから、卵やハム等の日用品の注文を受け付けるような会社が登場するかもしれません。ディストリビューターは、家のパソコンから、そして携帯電話から、商品を購入するようになります。これこそ、究極の『いつでも、どこでも』です。もはやコンビニやスーパーまで行く必要もありません」

亮は新たな気づきに感動した。コンビニが汲み取った「事業機会の提供」と「いつでも、どこでも」という二つのニーズをより満たす可能性のあるものがネットワーク・ビジネスだということに。

感動する亮をよそに、青山は話を続けた。

「そして、バーチャル・モールを利用して、便利に安く商品やサービスが購入できるようになると、さらに多くの人がそのバーチャル・モールに参加します。利用者が増えるとさらに安く商品やサービスが提供でき、そのことがまた、呼び水となり、好循環が始まります。ネットワーク・ビジネスの会社はこうして、消費者の囲い込みを目指しています。多くの人がうさんくさいビジネスだと思っているうちに、実は、大きな地殻変動が起きているのです。供給過多の時代、これから目指すべきは、需要の独占です。供給の独占から、需要の独占へのパラダイム・シフトです。需要を独占、寡占《かせん》した後に、場合によっては、供給サイドを買収すればよいのです」

青山は亮に頭を整理させる時間を与えるかのように、ここで大きく間をとった。亮は話のスケールの大きさに呆然としていた。

「また、かつて、未来学者のアルビン・トフラーが、『これからは、プロシューマーの時代』と予見しました。『プロシューマー』とは、『プロ』デューサー（生産者）とコン『シューマー』(消費者)の合成語です。生産者と消費者が一体化すると予想しています」

亮はここで質問をした。

「そのトフラーさんでしたっけ？　どうして、その人はこれからは『プロシューマー』の時代と予見しているのですか？」

「それは、資本主義においては、神の見えざる手ではありませんが、『フィードバック』が働くことが一番の強みと言われています。そして、消費者の意見が生産者に最もフィードバックされるには、消費者と生産者が一体になるのが理想ですが、インターネット等の技術革新によって、今後は、そのようなことが現実のものになると予見しているわけです」

「なるほど……」

「私は、『プロシューマー』の出現の前に、これをちょっと捻《ひね》って、『プロシューマー』ではなく、『セルシューマー』の時代が到来するのではないかと考えています。『セルシューマー』とは『セラー(売り手)』と『コンシューマー(買い手)』の合成語です。ディストリビューターはまさしく、この『セルシューマー』です。ネットワーク・ビジネスのディストリビューターは売り手であると同時に買い手です。売り手と買い手が同一になることで、今まで以上に消費者の意見が生産者にフィードバックされるようになります。フィードバックが容易で、なおかつ資本効率も良いとなると、ひょっとすると、ネットワーク・ビジネスは資本主義における最強の形になるかもしれません。ネットワーク・ビジネスを採用している会社に、どんどん『セルシューマー』が集まり、需要を囲い込み、その後、その会社が供給サイドを買収するようになると、これはまさしく、トフラーが予見した、『プロシューマー』の出現です。今後、ネットワーク・ビジネスで、組織を持っている、持っていないで大きな差が生まれ、一つの特権となる可能性があります」

亮はこれまでにない興奮を覚えた。全身に衝撃が走り、いてもたってもいられなくなった。ネットワーク・ビジネスの壮大な可能性に身震いした。この興奮を一人でも多くの人に伝えたいと思った。そして、ぜひ、そのビジョンを現実のものにしたいと思った。亮は青山の話にどんどん引き込まれていった。

「片山さん。一つ覚えておいてください。人はさほど、お金が欲しいわけではありません。将来、大金を得るためには、時には、睡眠時間を削らねばなりません。テレビを見る時間やデートの時間を削る必要があります。これまでにない何かを得るためには、その分何かを犠牲にする必要があります。ところが、人は、眠くなったら眠り、何気なくテレビをつけて、面白ければ、そのまま見続けてしまいます。人生を変えるには、当然、毎日の習慣を変える必要があります。毎日の時間配分を変える必要があります。多くの人が望んでいるのは、今の生活習慣を続けながら、お金だけをさらに得たいのです。通常、人生は、自分が望んでいる通りにしかなりません」

「人生は自分の望んでいる通りにしかならない……」

　亮は繰り返した。

「そうです。今の人生に満足してないという人がいるかもしれませんが、その人は、過去に『将来』よりも、『その時』を優先したからです。勉強すべき時にテレビを見たり、デートをしたからです。今、満足していない人は、すべきことをすべき時にしなかったからです。今に満足していない人は、過去を優先した人です。過去に自分に対して投資をしなかった人です。人生は選択の連続であり、その選択の結果が今なのです。自分が望んだことなのです」

　亮は気づいた。今の自分は、これまでの自分の選択の結果なのだと。自分の意思なのだと。

　亮は、今ほど、自分自身に自分の時間を投資したことがなかったことに気がついた。サラリーマン時代は、収入を得るために自分の時間を費やしていたのだ。収入と時間を交換していたのだ。今は将来に投資しているのだ。そう思うと、今、収入が少ないことに、我慢できる気がした。

「将来、実りのある人生を送るためには、今、自分の時間を自分自身に投資する必要があります。今、自分の時間を投資したいと思えるだけのビジョンをグループの人に見せてあげてください。睡眠やテレビを見るのを減らしてでも、将来、得たいと思うものを見せてあげてください。片山さんが、映画のプロデューサーになってください。伝えた人を主人公にした映画のプロデューサーになるのです。そのためには、相手の話をよく聞いて、相手が本当に望んでいることを把握してください。そのうえで、その人にとって、現実的なシナリオを作り、その映画の細部まで相手に伝わるまで、繰り返し、言い方を変えながら訴えてください。誰もが、ビジョンを持っています。サラリーマンであるなら、五年後、十年後は、どの席に座り、どれくらいの収入を得て、どんな家に住んでと、おぼろげながらビジョンを持っています。そのビジョンよりも素晴らしく、かつ現実的と思われるビジョンを見せてください。片山さんが作った、その映画の主人公になりたくなるようなビジョン、映像を見せてください。当然予想される困難、犠牲にすべき点もできる限り事前に伝えてください。困難にあっても、シナリオ通りだと。困難のないシナリオでは、映画になりません」

この話を聞いて、亮ははっとした。今の困難は、将来、自分のグループの人たちを勇気づけるネタになるのだ。困難がなければ、共感が得られない。そう思うと、困難さえ楽しめる気がしてきた。困難に感謝しなければならないのだ。

亮はしばらく感動にひたっていた。ネットワーク・ビジネスの壮大な可能性とそのビジョンに。そして、そのビジョンを実現するために自分が「今」を投資していることに感動していた。しばしの沈黙の後、青山は話を次のように締めくくった。

「片山さん。常に自分の心の動きに注意してください。自分の心の動き、すなわち感動を伝えてください。自分の心が動くのを感じたら、その動きの振動、波動を次の人に送ってください。感動の波動をリレーするのです。振動が弱まる前に伝えてください。時間をあけてはいけません。手の平の上で勢い良く回るコマは、手から手へ移すことができますが、勢いがなくなってしまうと移動できません。

同じように、強く心が動いている瞬間に、次の人に伝えないとその心の動き、感動は次に伝わらないのです。

短期間に大きな組織を作る人は、素早く行動に移します。事業説明会を初めて聞くそばから、頭の中で誰に伝えようかと考えます。初めて説明を聞いたその日に、百人に伝える人がいます。逆に言えば、聞いたその日に伝えるから、百人にも伝えられるのです」

亮は繰り返した。

「聞いたその日に伝えるから、百人にも伝えられる……」

「そうです。聞いたその日に伝えるから、百人にも伝えられるのです。片山さんも、今日の話に感動したのなら、今日中に、その感動をグループの人に伝えてください。時には時間帯を気にせず電話してください。時には真夜中に電話をするからこそ、感動が伝わるのです。

『明日、伝えればいい』などと思わないでください。明日には確実に感動は減ってしまいます。感動の熱が冷めないうちに伝えてください。感動を共有する機会を作り、このことをグループで徹底してください」

亮は雪が降り注ぐ中、家路についた。相変わらず雪は降りやむ気配をいっこうに見せず、明日もまた、雪が降り続きそうだった。亮は途中コンビニに寄ると、温かいコーヒーとおにぎりを買った。

亮は家に着くなり、グループの人たちに電話をかけ始めた。コーヒー缶を片手に、感動の熱が冷めないうちに電話をかけまくった。気がつくと、夕方から夜中の三時までぶっ続けで電話をしていた。直接自分がリクルートした人間だけでなく、連絡の取れる人には、片っ端から電話をした。なるべく自分の声で、自分の感動を伝えたかったからだ。そうすると、不思議と自分の話に相手が聞き入っているのが分かった。自分の熱が伝わったのだ。

亮はその後も、自分の熱を毎日、毎日伝え続けた。毎日、伝えていると、面白いことに、自分の熱も冷めないのだ。亮は、毎日、熱を持って活動することの重要性を実感した。感動した時に行動に移し、その後、毎日活動し、その感動の波を持続することが大事なのだ。亮は『バイブル』の中にあったシェイクスピアからの引用を思い出した。

『人の世には潮があり

満ち潮に乗り出せば幸運をもたらし
無視すれば、その航海はすべて浅瀬に乗り上げ不幸におわる』
亮はまったくその通りなのかもしれないと思った。今こそが、自分にとっての満ち潮なのだ。
週末には、必ずグループ・ミーティングを開くようにした。ＡＢＣの依頼も、驚くほど増えた。会社見学ツアーも定期的に行なった。亮のグループは急速に拡大していった。感動の大津波が発生しつつあった。間もなく、亮の組織は百人を超えた。
毎日が楽しかった。グループの人たちからも、徐々に一目置かれるようになった。自分の成長とともに、ＡＢＣの依頼が増えた。自分の成長とともに、グループが拡大した。亮は自分で、自分がかつてないほどに成長していることを実感していた。今度こそ、今のやり方を続ければ、大きな組織を作れるに違いないと確信した。
そんなある日、大島から電話が入った。大島は、寝る時間も惜しんでコツコツ活動を続けていた。その結果、大した人数ではないが、亮の中で最大のグループを形成していた。以前はよく二人で会って、夢を語り合ったものだが、最近ではお互い忙しく、まったくと言っていいほど二人で会うことはなかった。ところが、珍しく二人きりで会いたいというのだ。久しぶりに、大島とゆっくり話ができるかと思うと亮は胸が弾んだ。

待ち合わせ場所は、会社にほど近いファミリー・レストランだった。お互いお金に余裕があるわけではないので、二人で会う時はいつも、ファミリー・レストランと決まっていた。そして、必ず、コーヒーを注文した。コーヒーを注文すると、お代わりが自由で、少ないお金で長居できるからだ。そして、何より、この冬の寒い時期、冷えた体に温かいコーヒーはありがたかった。

亮は、大島に、最近グループが大きくなりつつあることを嬉しそうに報告した。夕食時のせいか、周りはかなりざわついていた。大島は亮のダウンラインだったが、いつも、亮の聞き役に回り、大島が亮を褒めた。本来であれば、アップラインがダウンラインの話を聞き、ダウンラインを褒めるべきなのだが。

ところが、大島はいつものように、喜んで聞いてくれていないようだった。そして、亮の話が一段落し、沈黙がおとずれると、大島から意外な事実を知らされた。江本が最近、他のネットワーク・ビジネスを始めたというのだ。そういえば、最近、週末のグループ・ミーティングにも顔を出していないことを亮は思い出した。以前は、暇さえあれば、大島と江本と自分の三人で会っていたというのに。

さらに、たちの悪いことには、江本は大島のグループの人間やその他のグループの人間に声をかけ、江本の始めたネットワーク・ビジネスに誘っているというのだ。「新しいネットワーク・ビジネスがスタート。オープン前の今がチャンス」だと。大島の話では、亮のグループの多くが、既にそのビジネスを密かに始めているかもしれないという。亮は悔しかった。身内に裏切られた思いだった。

「実は、オレ、以前から、江本が気にくわなかったんだ。ピーチク、パーチクいつもうるさくて。しかも、アイツはいつも否定的なことばかり言って。自分のグループの人間だから、無理して付き合ってやってたのに」

亮はそう言うと、握りこぶしを作った。

「それで、ようやく分かったよ。なぜ、あいつがあんなにも、熱心に自分以外のグループを応援していたのか。今回のネットワーク・ビジネスに誘うためだったんだ。大島さん！」

亮は決定的な過ちを犯していた。亮は、大島の前で人の悪口を言ってしまったのだ。人前で悪口を言う人間は、他の場所でも平気で悪口を言う。

亮は激昂《げっこう》のあまり、その場で江本に電話をかけようとした。しかし、大島がそれを制した。それでも亮は電話をかけると言い張った。大島は絶対にやめるべきだと、押し問答になった。そのうち亮はすべてに対して疑心暗鬼になり、大島に言い放った。

「ひょっとしたら、大島さんも、江本と一緒にそのビジネスを密かにやってるんじゃないですか？　だから、必死に止めるんですね！」

亮の声はレストラン全体に響き渡らんばかりだった。周りの視線が亮たちに一斉に向けられた。大島は呆然と亮を見つめた。

「亮は俺を信用しないんだね。ひょっとして、俺とも無理して付き合ってくれてたんだね？　あなたのダウンラインだから」

そう言い残すと、大島はテーブルに千円札を置き、席を立った。

その後、亮のグループの士気はどんどん下がっていった。どうやら、大島は、亮の悪口をグループに流しているらしかった。アイツは信用できないヤツだ。自分たちを、金の成る木ぐらいにしか思ってないぞと、そんな趣旨らしい。

亮は気分が滅入った。せっかく築いた信頼関係を、たった一回の出来事のせいでぶち壊してしまったのだ。おかげで、せっかく大きくなりつつあった波も止まってしまうだろう。亮には、もう一度、波を起こす自信がなかった。やっぱり自分には、ネットワーク・ビジネスは向いてないのではないかと思った。

亮は再び青山を訪ね、自分の状況を率直に報告した。

青山は状況を把握すると、次のようにアドバイスした。

「片山さん。覚えておいてください。陰口は悪性のウイルスです。一度、陰口を叩くと、そのウイルスは蔓延《まんえん》し、そのグループは陰口のオンパレードになってしまいます。リーダーになるべき人間は間違っても、人の陰口を叩いてはいけません。自ら、自分のグループにウイルスを撒き散らすようなものです。逆に、陰口を言うのを見つけたら、リーダーはそれを制する必要があります。早いうちにウイルスは退治しなければなりません。でないと、みんなが悪口を言い合うようになり、組織全体がバラバラになってしまいます。陰口はグループを蝕《むしば》む悪性のウイルスなのです」

亮はうまい表現だと思った。『陰口は悪性ウイルス』なのだ。今後は、二度と、ウイルスを撒き散らすのはやめようと心に誓った。

「逆に当事者のいないところで褒めると、めぐりめぐってその人の耳に入り、本当の信頼関係が築けます。また、グループ全体もそういう風に相手を立て、褒め合う風潮ができ、いいグループが築けます」

亮はここで、口を挟んだ。

「でも、一度、撒き散らしてしまったウイルスはどのように退治したらいいんでしょうか？」

「片山さん。前にもお話しした通り、『ピンチはチャンス』です。困難から逃げるのではなく、困難に自ら立ち向かってください。大島さんに会って、素直に謝るのです。そして、また一から信用を築き直すのです」

「一からですか？」

亮は、「一から」という言葉を聞いてがっかりしてしまった。

「そうです。一からです。謝って、許してくれると相手が言ったとしても、それを真に受けてはいけません。初心に返って、今まで以上に誠実に接し、一から信用を築き直すくらいのつもりでいてください。そして、今度、信頼関係ができた時は、本当に強い結びつきが得られます。免疫力を持った強い組織に生まれ変わります。慌てないでください。時間は友達です」

「分かりました」

亮はがっかりしながらも、そう答えると、亮は同情を得ようと青山に訴えた。

「でも、ひどい話だと思いませんか？　江本君の組織もほとんど、もともと僕が作ったようなものなんです。僕がいなければ、まったく組織を作れなかったくせに、人の組織にまで手を出して。こんな寄生虫が存在して、また私に波は起こせるんでしょうか」

そう問いかける亮に対して、青山は悲しげな表情を見せると、口を開いた。

「片山さんはこれまで、だいたい三か月周期で私を訪問しているのはご存じですか？」

亮は手帳を取り出し、確認すると、その通りだった。亮はだいたい三か月周期で壁にぶつかり、青山を訪問していた。

亮がテーブルに手帳を置き、青山のほうに視線を向けると、そこには青山の厳しい表情があった。青山は両手をひざの上に乗せると、身を乗り出して、強い口調で語りかけてきた。

「今、『また私に波は起こせるんでしょうか』と尋ねられましたが、片山さんは、本当に、私のアドバイスを実践しているのですか？」

亮は青山の初めて見せる険しい目つきにたじろいだ。

「私との会話を録音したものを何度も聞き返したり、『自分にもできる』というセリフを言い聞かせていたら、こんなことぐらいでへこたれないはずですよ」

亮は耳が痛かった。青山の指摘通り、亮は青山のアドバイスを実践していなかった。

「一つひとつ、確実に実践してください。でなければ、私は片山さんが成功することを保証できませんよ！」

青山の口調はだんだん早口になっていった。

「片山さんは、自分で仮説を立て、検証するという作業をきちんと実践してるんですか？

壁にぶつかる度に、私のところに来てるんじゃないですか？　自分で考えるクセをつけなければ、本当の実力はつきませんよ！」

亮は甘えすぎていた自分を恥じた。

「それに、今、『江本君の組織もほとんど、もともと僕が作ったようなもんなんです』とおっしゃってましたが、おごらないでください。そんなに能力のある人間が、もう一度、波くらい作れないんですか？

人はちょっと褒められたり、おだてられると、すぐに調子に乗ります。ちょっと大きな組織を作ったり、ちょっと説明がうまかったりしたぐらいで、自分が特別な人間だなんて間違っても思わないでください。仮に大きな組織を作ったとしても、ただそれだけで成功者というわけではありません。常に謙虚でいてください。人を責める前に自分を責めてください。江本さんを責めるのではなく、江本さんをリードすることができなかった自分を責めてください」

いつの間にか、強い語気を帯びた青山の口調は、悲しみに満ちたものに変わっていた。そして、その目つきも優しさを帯びた、すべてを包容するようなものになっていた。そして青山は最後にこう締めくくった。

「すべては、片山さんがより強靭《きょうじん》な精神力を養うための試練なのです。神様は克服できない試練など与えないのです。頑張ってください」

亮は、その青山の悲しみに満ちた目を見て、青山が自分のためを思って、真剣に叱りつけてくれたことを理解した。亮は青山の本当の優しさに触れた気がした。そして、もし、自分に父親がいれば、こんな叱り方をしてくれるのかもしれないと思った。亮は本当の優しさに触れ、思わず、涙がこぼれそうになった。そして、この青山の期待に応えるためにも頑張らねばならないと強く思った。亮は帰り道、空を眺めた。

どんよりとした厚い雲が空一面に立ちこめていた。


今年の冬はやたら長く、ひどく孤独に感じられた。暦上はもうじき春だというのに、亮にはその実感がなかった。亮は何度か大島に連絡を取ろうかと考えたが、なかなか電話をできないでいた。大島とのやり取りがなくなり、亮の中の大事な何かがぽっかり抜けてしまい、北風が体のその部分をいつも吹き抜けているようだった。まさしく、自分の右腕、『パートナー』をなくした思いだった。亮はもう一度、大島のあの明るく豪快な笑顔を見たいと思った。

亮は勇気を持って、大島に連絡を取るよう試みた。会って素直に謝りたいと思った。ところが、大島は亮の電話に出なかった。亮はつくづく自分がしでかしたことの重大さを痛感した。

そこで、亮は意を決し、嫌がるであろう大島をよそに、大島が定期的に主催する夜八時からの勉強会に参加することにした。ただ、亮は少し心配だった。大島は、自分という存在に嫌気がさして、他のネットワーク・ビジネスを始めてしまったのではないか。ひょっとすると、その勉強会は他のネットワーク・ビジネスの勉強会になってしまっているのではないかと。でも、もう一度、大島と信頼関係さえ築くことができれば、もう、そんなことはどうでもよかった。親友こそ大事な財産だと分かったからだ。

亮が大島の勉強会場に入ると、参加者の視線が一斉に向けられた。参加者はみんな大島を慕って集まっている人たちである。亮は目立たないように、後ろの席にこっそり座り、勉強会の進行状況を見守った。大島のグループには障害者が含まれていて、大島は手話を交えながら、勉強会を行なっていた。とりあえず、勉強会の内容は、他のビジネスの話ではなかったのでひと安心した。十時過ぎに勉強会が終了すると、亮は大島に声をかけるタイミングを見計らった。大島がグループのみんなと離れて、一人になるタイミングを待った。

大島がトイレに入ると、亮は後を追った。

亮は勇気を奮って声をかけた。

「大島さん」

大島は振り返った。

「大島さん。先日はすいませんでした」

「………」

大島はだまって、じっと亮を見つめていた。

大島にじっと見つめられると、亮は言葉をつぐことができなくなった。

すると、大島が言葉をつないだ。

「すみませんって。何が？」

ぶっきらぼうな言い方だった。亮は大島のその物言いにショックを受けた。

「何がって。大島さんを疑ったりしたでしょ。他のネットワーク・ビジネスを始めたんじゃないかって！」

「ああ、そのことね」

「未熟だった僕を許してください！」

亮は膝《ひざ》に突かんばかりに頭を深々と下げた。

「許すも何もそんなに気にしてなかったよ」

本当は、かなりムッとしていた大島ではあったろうが、素直に謝る亮を前に許さないわけにはいかなかったに違いない。

その後、二人はバツが悪そうにトイレで用を済ませた。そして、二人並んで洗面台で手を洗った。鏡越しにお互いに目が合うと、大島が声をかけてきた。

「それより、この前のコーヒー代のおつり返してよ！　千円札、置いてったでしょ！」

二人がもう一度、鏡越しに目が合うと、二人は一斉に笑い出した。大して面白いことではなかったが、こうして仲直りができたことが嬉しくて、冷え切っていた互いの関係を解凍するための儀式であるかのように二人は笑い続けた。

亮は、ほっとした。心底ほっとした。そして、その一方で、こんなことなら、もっと早く、勇気を持って素直に謝っておくべきだったと後悔した。今回の件は亮にとって、大島の存在の大きさをつくづく思い知らされる機会だった。大島は亮の人生という旅路の大事なパートナーであり、それと同時に『バイブル』の言うところの『パートナー』なのだ。

そして、その後の会話で明らかになったのだが、大島はグループの人たちに亮の悪口を言っていなかった。どこでどう間違って伝わったのか分からないが、亮の勘違いだった。大島はネットワーク・ビジネスの原則を守っていた。「良い情報はダウンラインへ。悪い情報はアップラインへ」という原則である。間違っても、ダウンラインに会社や自分のアップラインの悪口は言ってはいけない。

ただ、大島以外の誰かが亮の悪口を言い回っているらしかった。「亮は偉そうだ」とか

「亮は勘違い野郎だ」とか、そんなことを言っているらしい。亮はそんなことを聞くと、活動を続けるのが本当に嫌になった。特に、そう言っている当人と顔を合わせるのは非常に辛かった。そして、グループが大きくなったせいか、亮自身、グループのあちらこちらで他人の批判を耳にする機会が多くなった。「あいつはケチだ！　ダウンにまったく投資をしない、けしからんヤツだ」とか、「誰々は金の亡者だ！」とか。特に亮のスポンサーである、健に対する批判が一番多かった。「まったく、グループの手伝いもせずに、収入を得ているけしからんヤツ」というのが、大方の意見だった。亮はグループの前ではそんな陰口を聞くと、それを制したが、グループのみんながそういう風に思うのも当然だった。亮自身がそれを最も強く感じていたので、そういうわさを耳にすると、内心、健に対しては本当に腹が立った。健はさほど活動をしていないのに、亮とさほど変わらない収入を得ていた。それこそ、亮を除く、亮のグループの誰よりも多かった。亮には非常に不公平に感じられた。

亮はその夜遅く、健に電話をかけた。

「健、お前さぁ、少しはグループを応援してくれないか！」

「悪いけど、オレ、忙しいんだよ。新規のリクルートで」

「お前、グループの人に少しは悪いと思わないの。まったく手伝わなくて。みんなのおかげで収入もらってんのに」

「何で悪いと思わなければならないんだよ。オレが収入を得るのは当然の権利だろ」

「それはそうだけど、まったく手伝わないで、後ろめたさとかないのかよ」

「ないね！」

「少しは感謝の気持ちはあるんだろ⁉」

「何で感謝しなきゃなんないんだよ。逆だろうが！　感謝されるほうだろ！　オレが紹介したおかげで、みんな、今の仕事を始められたんだから。お前だって、オレが紹介したおかげだろ、この仕事に出会えたのは！　お前ももう少し、オレに感謝していいんじゃないの！」

「お前、本気で言ってんのか？」

「当たり前だろ！」

「………」

亮は言葉をつなぐことができなかった。亮は黙って、電話を切った。亮は健の紹介でこの仕事を始めたことを後悔した。なんとも寝つきの悪い夜となった。

そういった感情のやり場のない亮は、洋子と会う約束を取った。亮は健のことやグループ内で自分への批判の多いことについて、洋子に自分の愚痴を聞いてもらいたかった。前回、青山を訪問し、説教されてからというもの、亮は青山を訪ねにくくなっていた。自分で説明会を開かずに、他人のフンドシでグループを拡大させた洋子は、正直言って、亮にとって尊敬の対象ではなかったが、洋子には何か甘えさせてくれそうな雰囲気があり、落ち込んでいる亮には気軽に相談できる相手に思われた。

亮は表参道沿いの小綺麗なオープン・カフェに入った。パリのエスプリを感じさせるカフェだった。亮はボーっと外を見つめながら、洋子の到着を待った。表参道沿いのポプラ並木は青々と茂っていて、心地よい日陰を作っていた。陽気な太陽のもと、春の風が優しく肌をなでつけた。街は幸せそうなカップルでいっぱいだった。亮は自分の春はいつ来るのかと思うと少し憂鬱《ゆううつ》になった。

洋子は約束の時間に少し遅れて到着した。胸元の大きく開いた白い服を着ていた。亮は冬の衣装から、急に薄着になるこの季節が刺激的で好きだった。顔に似合わず、洋子は意外とグラマーで、胸元から覗く白い胸のふくらみに亮は思わずドキっとしてしまった。

「亮くん。久しぶり！」

可愛《かわい》らしい笑顔が相変わらず魅力的だった。その笑顔を見ると、亮は、ほっとした。

「お久しぶりです」

亮は軽く会釈しながら、小さな声で返事をした。

「何だか、元気ないんじゃなぁい？」

「そうっすか？」

亮は虚勢を張って、精一杯、不自然にならない程度に大きな声で返事をした。

「だめよ。この仕事は人が集まりたくなるような自分でいないと。亮くんは、明るい人と暗い人、どっちが好き？」

「そりゃ、明るい人ですよ！」

「でしょう！　じゃあ、はい、スマイル、スマイ〜ル！」

そう言いながら、洋子はまるで赤ん坊をあやすかのように、両手で身振りをつけながら大きな笑顔を送ってきた。

「面白い人ですね」

亮は元気が出てきた。

「ありがとう」

いたずらっぽい笑顔を覗かせながら、洋子は答えた。

「ところで、今日はどうしたの？」

「今、悩んでることがあるんです」

亮はここでひと呼吸あけた。

「実は、本気になって仕事に取り組んでくれる人がグループにいないんで困ってます。説明会や勉強会を開いても集まりが悪いんです」

亮は本題を切り出せなかった。本当は、健のことや自分に対する批判が多いことへのやるせなさを聞いてもらいたかったのだが、ふがいない自分をさらけ出すようで、他の話を切り出した。

「亮くんはイソップ童話の『太陽と北風』の話って知ってるでしょう？」

「ええ。太陽と北風が男性の着た外套《がいとう》を脱がすのを競う話ですよね。北風は風力で外套を飛ばそうとして、太陽は熱で暑くして、脱がそうとするんですよね」

「その通り。じゃあ、どっちが勝ったの？」

「太陽です」

「そう。ここでの教訓は無理強いするのではなく、相手の自主性を重んじなければならない、ということよね！」

「ええ」

「これ、実行できてる？」

「はっ？」

亮は自分の質問と今の話がどう関係があるのか分からなかった。

「ネットワーク・ビジネスにおいて、間違いを犯しやすい点がここなの」

「ここですか？」

「そう、ここなの。アップとダウンという言葉があるから、多くの人が勘違いしちゃうんだけど、ダウンラインを自分の部下のように扱っちゃうの」

亮は洋子の話に聞き入った。

「ダウンラインの人を自分の部下と思っちゃだめよ。ダウンラインはお客さまなの。ダウンが主で、アップが従よ。ダウンあってのアップなの。ダウンを動かそうと思っちゃだめね。アップはダウンが活動するために、何がお手伝いできるかをまず考えないといけないの。ダウンラインが主人公で、アップラインはそのサポーターであり、リード役なの」

「アップは、ダウンラインのリード役？」

亮は洋子の言葉を繰り返した。

「そう。アップラインはダウンラインを上手にリードして、ダウンラインのみこしを担いであげるの。自分がスターになることを目指すんじゃなくて、自分はプロデューサーになって、ダウンをスターにしてあげるの。そして、たくさんのスターを育てると、実は自分も名プロデューサーとしてスターになっているっていうわけ。

そして、もう一度言うけど、ダウンラインは自分のお客さまなの。常に感謝の気持ちを忘れないで。特に、友人が自分のダウンになった場合は注意が必要ね。友人に強制されると、自尊心が傷つけられちゃうの」

亮はこの話を聞いて、ようやく答えが分かった。なぜ、友人であるダウンに限って、まったく活動をやめてしまっているのか。自分は友人の自尊心を傷つけていたのだ。ダウンに対しては命令するのではなく、逆に相手を持ち上げて、下手に出なければならないのだ。亮は自分に対して「偉そうだ」と批判が出る理由が思いがけず、理解できた。

「そして、アップラインがダウンラインにアドバイスを与えられるのは、ダウンラインから求められた時だけよ。アップラインだということだけで、アドバイスしたり、命令したりする人がいるの。気をつけてね。みんな自分が可愛いの。自主性を尊重してあげてね。上手に導いて、自分の意思で選択したと思わせるようにリードするの。本当は、会社でもそうすべきだと思うんだけど、多くの上司は、権力にものをいわせて、強制しちゃうのよね。会社の場合は給与を払っているから許されるけど、ネットワーク・ビジネスの場合は、亮くんがダウンラインに給与を払うわけではないから、特に注意が必要なの」

「なるほど……」

「したがって、説明会や勉強会に来させようとしちゃだめなの。サポーターとして、ダウンの方々が自主的に参加したくなるような企画を立てなきゃいけないの。バーゲンセールには、人が集まるでしょ。それは、バーゲンセールに魅力があるからであって、お客に来るように、店が強要するからじゃないの」

「なるほどね。でも、ダウンラインが自主的に参加したくなる企画って、どういうのですか？」

「まず、話の内容が魅力的であることが一番重要ね。だいたい説明会に人が集まらないのは、グループの人のやる気がないからではなくて、説明会が参加するに値する内容でないことが多いの」

亮は耳が痛かった。

「次に会場選びも重要よ。説明会を開催する場合、人をお連れしても恥ずかしくない会場を選んでね。あと、ちゃんと受付を用意して、ポスターを貼《は》ったり、横断幕を用意するの。入場の際、音楽を流したりすることも重要ね。司会も大事よね。そして、説明会を企画する段階で、ダウンの人も交えることね。自分で企画して、それをダウンに伝えるんじゃなくて、一緒に企画を立てるの。そして、役割分担するの。受付は誰々、司会は誰々、ポスターや音楽の準備は誰々ってね。そうやって自主性を発揮してもらうの」

ここで、洋子は注文したオレンジ・ジュースを一気に飲み干した。

「そして、勉強会を開催する場合は、『最後の企画』を立てること」

「『最後の企画』ってどういう意味ですか？」

「『最後の企画』、言い換えれば、『一回きりの企画』を立てるの。銘打って『今年最後の～』ってね。勉強会も需要と供給のバランスを保つことが大事なの。同じ企画を続けると、供給が過多になっちゃって、会場が、ガラガラになっちゃうの。ガラガラの企画はだめよ。会場のサイズにも注意して、必ず、満杯になるサイズを選ぶのよ。立ち見が出ると理想的ね。そうすることで、シズル、熱気が生まれるの。一回きりの企画を立てて、供給を制限して、グループみんなが、毎回、『参加しなきゃ損』と思うようにしてね」

「具体的には、どうしたら、一回きりの企画が実現するのですか？」

「例えば、クロスラインの人にスピーカーをお願いするとか。クロスライン間で、スピーカーを交換するの。A、B、Cという三つのグループがあったとしたら、Aさんが三回、自分のグループに対してスピーチをするのではなく、Bさん、CさんにAさんの勉強会に来てもらって、スピーチしてもらうの。その代わり、Aさんは、BさんとCさんのところに行ってスピーチをやると、三種類の話が聞けるようになるでしょ。それができない場合は、ゲスト・スピーカーの費用を払って、呼んだりするの。そして、できれば毎回、勉強会のテーマを決めて、話をわざと途中でやめてしまうの。正確には時間切れで、途中で終わってしまったように演出するの。そして、最後に次回の勉強会の予告をするの。テレビ・ドラマの予告のように。そうすると、続きが聞きたくてまた来るっていうわけ」

「なるほどね」亮はつくづく感心してしまった。

「それと、やる気のある人がグループの中にいないなら、グループの外に求めるのも一つの方法よ。多くの人は、ある程度のグループ人数に達すると新規のリクルート活動を怠って、既存のグループとのコミュニケーションに終始してしまうの。これでは、うまくいかないことが多いの。もう一度、新たにグループを作り直すくらいの意識で、新たにリクルートすることも大事よ。『縦掘り』は『横掘り』よりもはるかに大事なことだけれども、『縦掘り』だけではだめよ。私の場合は、これまでに五十人くらいリクルートしたわ。でも、そのうち、やる気になって活動を続けている人は十人程度ね」

「ええっ！　五十人もリクルートしてるんですか？」亮は驚きを隠せなかった。

「五十人なんて多くないわよ。個人差があるけど、ネットワーク・ビジネスで千人以上の組織を作る人は平均すると、みんなこれくらいはリクルートしているわ」

「そうなんですか？」

亮はショックを受けた。亮はまだ二十人もリクルートしていなかった。

「でも、勘違いしないでね。あくまでも、『縦掘り』が基本よ。新たに自分でリクルートしたら、そのリクルートした人が同じように一人リクルートするのを手伝って、その系列を最低七段下まで掘るように心掛けてね。一本でいいから。そして、七段下まで掘ったら、また新しい系列をリクルートするイメージね。『鉱脈と人脈は縦に掘れ』って言うけど、縦に掘ってもだめなら、新たにリクルートしてね」
「洋子さんって、すごいですね。それだけノウハウがあって、これだけ理路整然と話せるなら、自分で説明会を開けばいいのに！」
「ありがとう。でも、私には私の役割があるの。こう見えても私、極度のあがり性で人前に立って説明できないのよ。だから、私は企画を立てて、そこに人をお連れすることに注力してるの」

亮は恥ずかしかった。亮は、今日こうして洋子に会うまで、洋子より自分のほうが優れていると思い込んでいた。やはり、グループが伸びるには、それなりの理由があるのだ。つくづく亮はみんなから学ぼうとする謙虚な態度が必要だと思った。亮はどこかで読んだ『我以外、皆我師なり』という格言を思い出した。

亮は家に戻ると、新たにリクルート活動をするために、もう一度、リストアップ帳を見直した。そして、アポ取りをした。亮は洋子に会い、くよくよ悩んでいる場合ではないと感じた。ただ、亮には、ABCを組む際、A役（アドバイザー）を務めてくれる人がいなかったので、ABCができなかった。そこで、『バイブル』のアドバイス通り、ABCではなく、

「AB」を行なった。

「AB」とは、自分の知り合いに人を紹介する橋渡し役になってもらうようにお願いすることを言う。この場合、自分がA役で、知人が橋渡し役（B役）となるので、これを「AB」と言う。

多くの人は自分で自分の知り合いを説得しようとする。この場合、自分がA役で、自分の知り合いがC（Customer）となるので、これを「AC」と言う。「AC」をすると、相手は説得されまいと、一生懸命、話を他にそらそうとする、もしくは聞いているふりをしながら、心を閉ざしている。人は押し売りや勧誘が嫌いだ。「押せ」ば、相手は引いてしまう。

一方、友人・知人に「誰か人を紹介してほしい」と言って、橋渡し役になることをお願いすると、それは相手を説得しようとしているのではないので、安心して話に耳を傾けてくれる。そして、人はお願いをされると協力したくなるものである。協力するためには、仕事内容を把握しておかなければならないので、今度は、相手方から自主的に質問をしてくる。質問に答えるうちに、相手方自身が興味を持つ場合もあるし、その人の紹介で会った人（Cさん）が、いざその仕事を始める段になった時に、Bさんに「登録だけでもしておきませんか？」と声をかけることで、一挙に二人契約が取れる場合もあるのだ。

また、別の観点から言うと、これは大変重要な点なのだが、「AC」を行なうと、お客探しになってしまう。お客を得たとしたも、お客はお客で終わってしまい、次につながらない。「人をグループを拡大させるには結局、紹介してくれる人を見つける必要があるのだから、「人を紹介してほしい」と切り出したほうが、相手が本来すべきことを正確に伝えられる。最初の伝え方が重要なのだ。ネットワーク・ビジネスで大切なのはお客探しではなく、紹介してくれる人を探すことである。そのためにも「AB」が効果的なのだ。優秀なセールスマンはネットワーク・ビジネスに向かないと言うが、それは「AB」ではなく、その多くが「AC」を行なってしまうからだ。

亮は「AC」ではなく、「AB」を行なうようになってから、急激にグループが拡大するようになった。

亮はさらに「AB」が組めない人には、会社の資料とDVDを郵送した。電話で「一週間以内に見て、返送して」と言い残して。そして、自分から、相手の反応を確認するようなことはしなかった。『伝える』という作業を徹底して、ただただ、相手からの反応を待った。その代わり、梱包には気を遣った。重要なものが入っていると、それとなく分かるようにして、『想い』を『贈る』ように心掛けた。

そして、亮は「AB」を行なう以外にも、「深掘り」するためにグループの人たちに連絡を取った。気は進まなかったが、一応、江本のグループの人間にも連絡を取り、人を紹介してくれるように頼んだ。以前は、江本のグループのフォローは江本に任せきりだったが、江本が他のネットワーク・ビジネスを始めてしまったので、亮がその代わりを務めるしかなかった。

また、亮は自分のグループとは別系列の説明会や勉強会にも参加するようにした。様々な会に参加し、亮はいろいろなことを勉強したかった。そして、多くの勉強会に参加するうちに、新しい出会いも増え、自分より後からスタートしたのにもかかわらず、あっという間に自分より大きく組織を拡大している人の存在を知って、落ち込んだりもした。そして、やはり自分には才能がないのではないかと悩んだ。しかし、いろいろな人とコミュニケーションをさらに深くとるうちに、そういった人たちがどうして短期間に組織を構築することができたのかも理解でき、ある意味安心した。別系列の人とコミュニケーションをとることは本当に有意義だった。

しかし、通常、別系列の人々はお互いライバル関係にあり、一方的に相手方の系列の説明会に参加することは嫌がられた。なぜなら、一方的にノウハウを盗まれたり、ひどい場合にはグループのメンバーを引き抜かれたりするからである。亮は嫌がられるのを承知のうえで、別系列の説明会に参加するよう心がけた。ただし、必ず会場に入る前に自分が別系列の人間であることを告げ、許可を得られた場合のみにした。亮はこっそりと侵入するような卑怯《ひきよう》な真似はしたくなかった。ただ、真っ向から正直に、別系列であることを告げると、参加を断られることは意外と少なかった。逆に、正直に告げたことを気に入ってくれて、それが縁で懇意になった人もいた。

その人は名を山下栄二といい、みんなから「栄二さん」と呼ばれ、親しまれていた。シガーの似合う大阪出身の五十過ぎの人だった。顔はいつも脂ぎっていて、深く不規則に刻まれたそのしわは、栄二さんのこれまでの波瀾万丈の人生を象徴するかのようだった。以前はクラブを経営したり、消費者金融をやっていたこともあるという。どの仕事もそこそこうまくいったが、ただ、どれも最終的にはうまくいかなくなり、最終的にたどり着いたのがネットワーク・ビジネスだという。現在では、グループ人数も五万人を超え、亮がかかわるネットワーク・ビジネスの中でも有数のディストリビューターであった。

栄二さんのグループ拡大方法は、まずは自分のライフスタイルをグループの人たちに見せ、同じようなライフスタイルを獲得したいという欲求を喚起し、それをモチベーションにするというやり方だった。

栄二さんの住まいは品川駅から歩いて十分ほどの超高層ビルの最上階にあり、そこで毎週土曜日、夜の六時から勉強会を開催していた。

亮も、一度、大島と一緒にその勉強会に参加させてもらったことがあるが、ビルのエントランスには警備員が常駐し、その豪華さはホテルと見まがうほどだった。厳重な警備を抜けて、高速エレベーターにて部屋にたどり着くと、そこは別世界だった。リビングは優に三十畳を超え、足元から天井まで広がる巨大な窓からは東京湾が一望できた。夜になると、眼下に広がるビルや船の明かりはまるで星々のようで、夜空に浮かぶ豪華客船にいるかのような錯覚を覚えた。食事は一流ホテルのケータリング・サービスにて振舞われ、みな、その美味しさに舌鼓《したつづみ》を打った。ラフィットやマルゴーといった亮にはなじみのない五大シャトーの高級ワインをはじめ、酒もふんだんに振舞われ、勉強会というよりも、どこから集めたのかと思うくらい、いい女いい男の集まる艶《つや》やかなパーティーだった。ただし、この週末の『勉強会』には、一人、月一回しか参加できず、さらに一定以上の組織を確立していないと参加できないというルールがある。栄二さんいわく、この『勉強会』に参加したくて頑張るメンバーが大勢いるとのことだった。

栄二さんは、時計はパテック フィリップ、スーツとワイシャツはイタリア製、靴は世界のセレブリティー御用達ブランド、『ベルルッティ』か『ジョン・ロブ』と決めている。中でも、『ジョン・ロブ』の『ガルニエ』という靴は、栄二さんの大のお気に入りで、旧ラストを使った『ガルニエ』は女性のウエストラインを連想させ、世界で一番美しいプレーントゥと言ってはばからず、特注で製造してもらっている。

亮は一度、栄二さんに連れられて青山にある『ベルルッティ』を訪れたが、その靴の美しさにはため息が出るばかりだった。見た目はガラスでできているかのような透明感があり、艶やか。靴職人、ボティエが施す色合いは碧《みどり》色や赤、黄色が見事に調和していて、妖しい輝きを放っていた。試しに履いてみたのだが、その靴はやわらかい一枚革でできていて、靴の中に縫い目がないため、ガラスのような見た目とは裏腹に、まるで靴下を履いているような感覚だった。

栄二さんはその他にも事あるごとに亮をいろいろな場所に招待してくれた。栄二さんは亮が別系列のグループの人間であるにもかかわらず、不思議なくらい可愛がってくれた。ある時は、鮨《すし》を食べたくなったと言い出すや、いきなり、そのまま北海道に連れ出され、鮨をご馳走してくれた。栄二さんは毎年六月に、ウニを食べに北海道を訪れるという。利尻島、礼文島で獲れる最高級の馬糞《ばふん》ウニの捕獲が、毎年六月一日より解禁になるからだ。この時期のウニは格別にうまいらしい。また、ある時には飲茶《ヤムチャ》が食べたくなったと言って、香港日帰り旅行に連れて行ってもらったりした。

栄二さんは旅行が大好きで、年末年始には、毎年キューバかドミニカ共和国を交互にグループメンバーと訪れ、一年の疲れを癒している。南国の陽気さに触れると、一年間、体にこびりついた疲れが解け落ちるような感覚を覚えるそうだ。十年前は夫婦二人旅だったが、今ではグループ恒例の旅行となり、昨年は参加人数が百人を超えたらしい。そして、毎年春と秋には、最愛の夫人を連れて、ヨーロッパに買い物ツアーに出かける。奥様はアンティークや陶器を集めるのが趣味で、フリー・マーケットを訪れては、ちょっとした小物を買い集めている。

栄二さんは金銭的、時間的自由を得て、世界中を旅し、その国々の食や文化に触れる、自分が自分の人生の主人になる、そんな人生にあこがれてこの仕事を選んだと言う。

栄二さんは良きにつけ、悪しきにつけ、旧来の成功したディストリビューターの典型的な人であり、亮の目指そうとするディストリビューター像とは異なっていたが、亮も栄二さんのように自分なりのスタンダード、ダンディズムを持ちたいと思った。

また、亮は栄二さんと一緒に行動したおかげで、お金を所有するということがどういうことなのかイメージを持つことができた。よく、お金持ちになるためには、お金持ちになった時のイメージを持っていなければならないと聞いていた。

栄二さんの口癖はいつもこうだった。

「お金を愛すんや。そして、そのお金でこの星を丸ごと楽しむんや。人生、一度きりやで」

そして、そのセリフの後に、一度、ぼそっとつぶやいた言葉が亮の記憶に強く残っていた。

「無理に、物欲消す必要ないで。みんなが物欲無くしたら、世の中、何もかも無くなるわな。消費も、ある種の社会貢献やわな。まあ、自分の場合、極端すぎるかもしれへんけどな。足るを知る、バランスが大事やな」

この仕事を始めてから一年半が経過すると、亮のグループメンバーはついに三百人を超えた。亮は朝から朝まで、一日二十四時間、週七日間、休みなく働いた。毎日がコミュニケーションに始まり、コミュニケーションに終わった。

亮はコミュニケーションをとるうちにどういう人に自分の時間を割くべきなのかということがだんだん理解できた。ある程度、コミュニケーションをとっても、理屈ばかり言って自分でまったく行動しない人には時間をあまり割かないほうがよい。そういう人は、青山の言うところの割れたグラスなのだ。いくらエネルギーを注いでも無駄に終わってしまう。見極めが大事である。自分で行動する力のある人にエネルギーを注ぐべきなのだ。議論のための議論をする人を相手に時間を割いてはいけない。自分のことをやたら話したがる人にも時間を割いてはいけない。亮は「オレがやったらすごいぞ」と言う人にたくさん出会った。初めは、そんな人と出会うと期待もしたが、そういう人に期待してはいけないことも経験から学んだ。よく学生時代に「アイツはガリ勉だから成績がいいんだ。オレのほうが勉強すればできるんだ」と言い続けて、結局、ガリ勉君はいい大学に行って、勉強すればできると言っていたヤツは大してよくない大学にしか行けなかったというケースを亮はたくさん見ていた。それと同じだということが分かった。結局、努力できることが能力なのだ。

また、人に期待しすぎてはいけないことも経験から学んだ。期待しすぎると、自分もショックを受けるし、期待されたほうも期待に応えようと最初は頑張るが、期待のほうが大きくなると、その期待の重さに押し潰されて、結局は活動をやめてしまう。期待に応えられない自分をさらけ出す前に言い訳をし出して活動をやめてしまう。むしろ、プライドが高い人には「あなたにはできないでしょう」と言ったほうが頑張る。そして、後で褒めるのだ。

こういうことを理解してから、亮は効率的に組織を拡大できるようになった。また、いろいろな勉強会に参加したおかげで別系列にも知り合いが増え、お互いに協力して説明会や勉強会を開催できるようにもなった。グループの人たちの意識も徐々に高まってきた。説明会を開いても、なんとか形になってきた。

亮はようやく本当の意味で自分が大きな組織を作ることをイメージできるようになっていた。

ただ一方で、一つ悩み事があった。亮はある賃貸物件を借りるべきか否かで悩んでいた。亮は栄二さんの素敵な自宅兼事務所を見てからというもの、自分の事務所が欲しくてたまらなかった。亮は目黒駅近くに自宅兼事務所として利用できる1LDKの物件を探し出していた。そして、その場所で、『バイブル』の『集中の法則』を実践したかったのだ。『集中の法則』を実践するには、事務所が必要だった。

『集中の法則』

『ネットワーク・ビジネスで大事な法則の一つに「集中の法則」が挙げられます。これは、別にネットワーク・ビジネスに限った話ではないのですが、あらゆるリソースを一つのことに集中させることは、大きなことを成し遂げるうえで非常に重要なことです。お金、エネルギー、意識を一箇所に集中させるのです。自分のお金、エネルギー、意識を一つのことに集中させるのは勿論のこと、これを文字通り実践するためには、みんなが集まれる場所が必要になります。集合場所を作ることにより、みんなの意識、エネルギーが一箇所に集中し、シズル、熱気が発生します。ちょうど、虫眼鏡を使って紙に火をつける時、光を一点に集中させるのと一緒です。

一方、多くの人はネットワーク・ビジネスを副業として在宅で取り組みます。そして、副業として取り組む性格上、一人ひとりの熱意やエネルギーは非常に弱く、通常はなかなか相手に自分の熱を伝えられません。特に、仕事を始めたばかりの人は、熱意や確信が弱いので、アプローチに失敗して、「それって、ねずみ講じゃないの」なんて具合に水をひっかけられてしまうと、小さな炎は、それだけで消えてしまいます。そして、濡れた薪を放っておくと、そのうち薪は湿気で腐ってしまい、もう二度とビジネスとして取り組もうという火はつかなくなってしまいます。したがって、ネットワーク・ビジネスを行なうには、みんなの集まれる場所を用意することは、極めて効果的です。いつでもみんなが集まり、情熱という名の薪に火を焚きつけるためのキャンプファイア場を用意してください。ポジティブな人を集め、笑いに溢れ、常に人が集まるような場を作ってください。そうすれば、あとは人をそこに呼ぶだけで、みんな自然と燃え出します。

したがって、キャンプファイア場は人が集まりやすく、リラックスできる雰囲気の場所がよいでしょう。広さもある程度必要になります。場所が狭いと大勢の人が入れないので、自然とみんな遠慮してしまいます。

ぜひ、キャンプファイア場をイメージして、みんなの集まれる場所を探してみてください』

亮はこの部分を繰り返し読み返した。そして、読み返しては自分の事務所を借りたいと強く思うようになった。

しかし、今の亮には事務所を借りるなんてことは金銭的にとても無理だった。そこで、事務所がどうしても欲しくなった亮は洋子にお金を貸してもらえないか相談することにした。

亮はお昼時、洋子が自宅にいることを電話で確認すると、洋子の住む代々木上原の駅へ向かった。

亮は駅を出て、適当な喫茶店を探すと、早速、洋子に電話をかけた。

「いま、ジュークボックスという喫茶店にいます。洋子さん、その店知ってますか?」

「知ってるわよ。私、そこをよく利用するから」

「今、そこにいるんですけど」

「じゃあ、五分くらいでそっちに着くから待っててくれる?」

「ええ。慌てないでゆっくり来てください」

そう言って、電話を切ると、亮はふっと一息ついた。そして、店内を見渡した。客は亮以外誰もいなかった。店内はビートルズの『ヘイ・ジュード』が静かに流れていた。テーブルやいす、床、天井、壁、すべてが木でできたアンティーク調の心温まる造りのお店だった。亮はコーヒーを飲みながら、店内に流れる音楽に耳を傾けた。

しばらくすると、店のドアがバタンと開く音がした。振り向くと、水色のシャツにジーンズをはいた洋子が笑顔で手を振っていた。「ごめんなさいね。待たせちゃったわね」

洋子は息を切らしていた。きっと走ってきてくれたのだろうと亮は思った。

「ほんとですよ。ここの代金は洋子さんのおごりですからね!」

「だって、慌てないでいいって言ったの。亮君よ！」洋子はむきになって言った。

「ウソですよ。ウソ。いつものお返しです」

「まったく、もう！」そう言いながら、洋子は亮を叩くふりをした。そして、店員を呼ぶと、オレンジ・ジュースを注文した。

「ところで、今日はめずらしいわね。私のところまで来るなんて！」

「そうですか？」

「そうよ。いつもは会社の近くでしょ。なーんか、あるんじゃないの？」

いたずらっぽい笑みを浮かべながら、洋子は探るように亮を覗き込んだ。

「いえ、別に何もないですよ」と亮は慌てて返事をし、コーヒーをすすった。

そしてひと呼吸すると、亮は洋子に近況報告をした。洋子に前回アドバイスを受けてからは、相手を立てながらコミュニケーションをとるように努めていること、別系列の人たちと共同で勉強会や説明会を開くようになったこと、そしてその結果、グループが順調に拡大するようになったことを報告した。洋子は嬉しそうに話を聞いてくれた。ただ、今日は近況報告をするために来たわけではなかった。洋子が「もう、帰るわね」と切り出してしまう前に、亮は洋子に事務所を借りるべきか相談し、そのためのお金を貸してくれるようお願いするつもりだった。自分のアップラインの健に頼んでも、どうせ、お金を出してくれるはずがなかったので、洋子以外に頼れる人はいなかった。

亮は話が一段落つくと、本題を切り出した。

「実は、今、新しく事務所を借りるべきかで悩んでるんです」

「へえー、どこに借りようと思ってるの？」そう言うと、洋子はオレンジ・ジュースをストローですすり、上目づかいで亮を見た。

「目黒です」

「それはすごいじゃない！」洋子はニコっとしながら答えた。亮はその洋子の窺《うかが》うような笑顔を見て、洋子は亮の考えていることがお見通しなのではないかと思った。

「でも、金銭的に問題があるんです」亮は洋子がここで質問をしてくれるのを期待したが、黙って聞いていた。

「事務所の家賃が高すぎて、自分には身分不相応なんじゃないかって、悩んでるんです」

「ふーん。それで？」

「それで、どうしていいか分からなくて相談に来たんです」

「よく、意味が分かんない」そう答える洋子は素っ気なかった。

「えっ、どうしてですか？」亮は洋子の意外な反応にびっくりした。

「だって、そうじゃない。高いか、高くないかは亮くんの判断でしょ。ポイントは投資金額に対して、どれくらいのリターンがあるのかでしょ。次に、身分不相応じゃないかって迷っているってことは、要は、お金を出してほしいってことなんじゃないの。もし、そうだとしたら、高いか、高くないかも自分で結論が出ていないんじゃ、誰も出してくれないわよ」

亮は言葉が出なかった。

「亮くんは収支計画表みたいなものは作った？」

「いいえ」

「多くの人が勘違いしちゃうんだけど、事務所さえ出せば、ただそれだけで、組織が拡大すると思っちゃうのよね。たくさんいるのよ、グループの中に。事務所を出すからお金を出してほしいとか、お金を貸してくれと言う人が。採算も考えずに。私がちょろく見えるせいかもしれないけど。まず大事なのは、投資した金額に対して、どれだけのリターンが予想されるのか収支計画表を作成してみることよ。亮くんは、事業として、ネットワーク・ビジネスに取り組んでいるなら、採算を考えないとだめよ。趣味でやってるならいいけど、その場合は無理のない範囲内で出費しないと」

亮は耳が痛かった。洋子の言う通りだった。

「事務所を借りました、でも、人が集まりません、では意味がないでしょ。そこの場所をどのように利用し、どうやって人を集めるのか、事前に考えておかなくっちゃ。ハードだけ用意してても、そこにソフトがなければ意味がないわ。きつい言い方をしちゃったけど、それくらいのことは、もうできてもいいはずよ。亮くんなら。『バイブル』にも書いてあるでしょ。事業として取り組む人は、ネットワーク・ビジネスを行なう場合においても、通常の事業を行なう時のように事業計画書を作成すべきだって。そして、自分の作った事業計画書に対して、いくら自分で投資できるかって考えてって。一千万円くらい投資してもいいと思える事業計画書が作成できないようなら、百万円の月収が入る可能性は少ないって書いてあったでしょ。

事業計画書を作成することによって自分の不明確な点が洗い出され、自分のビジョンが明確になるの。そして、明確なビジョンを見せるから、人がついてくるのよ。ぜひ、グループの人にも事業計画書を作るようにお願いしてね。事業計画書なんて言うと、大げさかもしれないから、行動計画表って言い換えてもいいわ。目標設定をする人はいるんだけど、その目標を達成するための行動計画表を作成する人は本当に少ないの。行動計画表を作れるようになれたら、その人はこの仕事で何をすべきか分かるようになった証拠なの」

亮は思った。知ってることと、やっていることは全然違うと。今、洋子に言われたことは、『バイブル』を読んで知っていたことなのに、面倒臭くって実践していなかったのだ。

亮は帰宅すると、早速、収支計画表を作った。そして、分かったことは、何か工夫をしなければ、事務所にはさほど人は集まらず、今借りても、採算は合わないだろうという結論だった。

そんなある日、青山の秘書の白石から電話がかかってきた。そして久しぶりに青山の自宅を訪ねることになった。青山とは、もうかれこれ半年以上会っていなかった。亮は前回の訪問時に説教されてからというもの、自分から連絡をとるのが怖くなっていた。亮は青山が助け船を出してくれたことに感謝した。

亮は青山の自宅のブザーを鳴らした。

「いらっしゃい」といつも通りの笑顔を添えて青山が出迎えてくれた。この笑顔を見ると、いつもながら心が癒された。

そして、ソファにつくと、これまたいつも通り、青山自らハーブティーでもてなしてくれた。

青山は亮の目の前に腰掛けると、「調子はいかがですか？」と尋ねてきた。

「まあまあです」と亮は答えた。今回は、絶好調ですとは答えなかった。

「それは良かったです」青山はにっこり微笑んでいる。

「グループ人数は何人になりましたか？」

「三百人くらいです」

「ほう。それは立派ですね」青山は本当に感心している風である。

「うん。片山さん、本当に立派です。やりましたね」

亮は青山にそう言われると本当に嬉しくなった。

「片山さんは、ネットワーク・ビジネスは今回が初めての経験でしたよね？」

「はい」亮は得意げに返事をした。

「ネットワーク・ビジネスを初めてやる場合は、百人くらいのグループを作りあげるまでが一番大変なんです。ですから、三百人ものグループを作ったことは本当に誇りに思っていいですよ。本当に立派です。よくやりました」

「本当ですか？」亮はもう一度確認することで、喜びをもう一度味わいたかった。

「ええ、本当です！」

亮は嬉しかった。青山がお世辞を言っているようには聞こえなかった。三百人のグループを作ることの難しさ、価値を知っている人の言葉だけに感動もひとしおだった。亮には、これまでの人生で誰も真剣に褒めてくれる人もいなければ、褒めてもらえるようなことを成し遂げたこともなかった。亮は褒められるとはこんなにも嬉しいことなのだと思った。三百人のグループから得られる収入は大したことなかったが、褒められるということだけで、これまでの苦労が報われた気がした。

「でも、グループが百人を超えると、その次に三百人くらいのところで、スランプにおちいる人が多いんですよ。これは経験則なんですけどね。ですから、ここからが片山さんにとって、一つの山場と思っておいてください」

「そうなんですか」

亮は思った。やはり青山は自分が調子に乗らないようにしっかり釘をさしてくれると。

「でもどうしてなんですかね?」亮は尋ねた。

「あえて理由を挙げるとすれば、この辺で、グループ全体でみて、解約する人と登録する人の数が均衡することが多いようです。で、そのうち、頑張っても、人数が増えないことに嫌気がさしてきて、手を抜いちゃうんでしょうね。そうすると解約する人のほうが多くなってしまうんです。でも覚えておいてくださいね。増えては減るものです。そしてまた増やすんです。でも同じやり方を続けてはいけませんよ」

「えっ! どうしてですか?」

「一つ例を挙げましょう。片山さんが料理が上手で、レストランを経営していたとします。料理が評判で非常に繁盛しています。最初は仕事が楽しく、一生懸命、料理をしています。ところが、そのうち肉体的にも精神的にも疲れてきて売上げが落ちてきます。片山さんなら、どうしますか?」

「自分の代わりとなるコックを育てます」

「その通りです。では、自分の代わりも育った後、もっと売上げを増やしたいと思ったら、次に何をしますか？」

「いろいろ考えられるとは思いますが……、もう一つ店舗を増やします」

「そうですね。では、さらに拡大するにはどうしますか？」

「また、人材を育てて、店舗を増やします」

「その通りです。では、そのサイクルを早めるにはどうしたらいいでしょうか？」

　亮はしばらく考えると、「分かりません」と答えた。

「一つにはフランチャイズ展開することです。要はマニュアルを作ったりして、誰にでも経営できるようにシステムを構築する必要があります。そして、同じフランチャイズでも大繁盛するものもあれば、そうでないのもあります。違いは本部のしっかりした戦略のもと、科学的とも言えるくらい確立したシステムがあるか否か、です。当然、各ステージで必要とされる仕事は異なってきます。最初は料理をすることがメインの仕事です。次は後任となる人を育てるのがメインの仕事となります。そして、その次はシステムを確立することがメインの仕事となります。ネットワーク・ビジネスもこれと同じでステージごとにメインの仕事内容を変えていく必要があります」

「なるほど。では、今の状況から抜け出すにはどうしたらいいんですか？」

「まず、リーダーを育てることです。コックを育てなければならないように。一馬力で作ることができる限界は通常三百人くらいのようです」

「リーダーを育てるにはどうしたらいいのですか?」

「それは良い質問ですね」青山はにっこり笑いながら答えた。

「それには、リーダーとはどういうものか理解する必要があります。リーダーはまず、人を励まし、動機づけできる必要があります。そして、人が共感を覚えるビジョンを示す必要があります。そして、リーダーは進んで責任を取る人です。真のリーダーはすべてを自分の責任と考えられる人です」

「それって、なかなかできないですよね」

「その通りです。でもいい方法があるんですよ」

「なんですか? それは?」

「それは、自分がたずさわるネットワーク・ビジネスの会社を自分のものと思い込むことです。自分が会社のオーナーであると。自分が会社のオーナーなのだけれども、会社の経営は自分の代わりにしてもらっているんだと。会社の社員は自分のために働いてくれているんだと。自分は販売のほうが得意だから、ディストリビューター活動に専念しているんだと。自分が唯一のディストリビューターで、自分がこの商品を普及させる必要があるんだと。自分が普及させなければ、せっかくの商品が日の目を見なくなってしまうんだと。そんな風に思い込んでください。他のディストリビューターの存在は忘れてください。他人に依存しないでください。他人に依存しているうちは真のリーダーにはなれません。自分さえいれば、自分が販売する商品は遅かれ早かれ日の目を見るのだと。そんな思いで仕事に取り組んでください。したがって、自分なりのビジョンを作って、そのビジョンを実現するために何が必要なのかを自分が考えなければならないと。会社のカスタマー・サービスに問題があったとしたら、それを自分の責任と考えてください。自分が会社に改善するようにお願いをしておかなかったせいなのだと。責任を進んで取ってください。責任が取れれば取れるほど、偉大なリーダーになれます」

亮はこの話を聞いていて思った。リーダーを育てるどころか、自分自身でさえ、リーダーとして失格である。

「したがって、リーダーを育てるのは実に大変なんです。そんな感覚を持ってもらうように指導しなければならないわけですから。時間もかかります。ひょっとすると、育てるよりも、見つけるほうが早いかもしれません。でも、一つ言えることは、まず、今、自分がやっていることをどんどん自分が見込んだ人に移管していくことです。責任を徐々に与えていくのです。これまで、自分が説明会のスピーカーをやってきたなら、今後は、グループの人にやってもらうのです。自分ばかりがＡＢＣのＡ役をやってきたのなら、今後は他の人にＡ役をやってもらうのです。グループの人たちの面倒を見すぎてはいけません。面倒を見すぎると、人は育ちません。面倒を見なければ潰れてしまうグループはいずれなくなってしまいます。政府が保護する産業はいずれ競争力をなくすのといっしょです。自分がこれまで、してみせてきたことをやらせてみることです。最初はうまくいかないかもしれませんが、それに耐え、褒める機会を窺うのです。褒めてあげることでその人に自信がつき、続ける勇気が持てます。そして、また次も褒められたいと思って、人は頑張ります。

大事なポイントを言います。片山さんがアドバイスをすればするほど、その人から自主性を奪い、褒めれば褒めるほど、その人に自主性を与えます。もし、リーダーを育てたいのなら、なるべく自分からのアドバイスを減らし、できるだけ褒めるようにしてください。褒めるということは、大事な仕事の一つです。人を動かして、自分が楽をしたい人にとっては、褒めるという仕事は特に重要になります。

日本のかつての名司令官、山本五十六は言いました。『やってみせ、言って聞かせて、させてみせ、ほめてやらねば、人は動かじ』ってね。至極名言です」

「大変そうですね。リーダーを育てるって！」

「その通りです。実に大変です」

「自分のアップももう少し手伝ってくれればいいんですけどね。私の直アップなんて、何にも手伝わないですからね。嫌になっちゃいますよ。もう、最悪のアップですよ。最近はグループのみんなに悪口は言われるわ、踏んだり蹴ったりですよ」

「片山さん。そんなこと気にしないほうがいいですよ。そんなことで大事なエネルギーを奪われないようにしてください。そんなことで、自分に対してマイナスのエネルギーを発生させるのではなく、プラスのエネルギーに転換するようにしてください」

「プラスのエネルギーに転換するのですか？」

亮にはさっぱり意味が分からなかった。

「そうです。自分の周りで起こるすべてのことをプラスのエネルギーに転換してください」

「そんなことができるのですか？」

亮がそう尋ねると、「できるんですよ」と青山は答え、ハーブティーをひとすすりした。

亮は早く続きが聞きたかった。

「そのために……自分の周りで起こるすべてのことに感謝するのです」

「すべてに感謝ですか？」亮は意外な答えに拍子抜けしてしまった。

「そうです。すべてに感謝するのです」

「もう少し、分かりやすく説明してもらえませんか？」

「分かりました。大事なことは物事には常に最低二つの側面があるということです。今回の例で言えば、アップラインが手伝わないということは一見アンラッキーなことです。しかしながら、別の側面から見れば、片山さんに成長するチャンスが与えられているとも言えます。片山さんがそういう苦労をするチャンスが得られたということは、人の痛みも分かる人間になれるチャンスを得ているということでもあります。グループの中には、将来きっと片山さんと同じように、アップラインに恵まれない人が現われます。その時に、自分の経験が活かされます。どういう風に克服したかアドバイスを与え、勇気づけることができるのです。要は、今回片山さんには、自分が成長し、リーダーになるチャンスが与えられているのです。アップラインは頼るための存在ではなく、活用するための存在です。よく言われるように、偉大なリーダーの下には偉大なリーダーは育ちにくいのです。それはリーダーにどうしても頼ってしまうからです。今回は片山さんがリーダーになるためのチャンスなのです。

物事の側面のうち、自分にとってのマイナス面を見るのではなく、プラスの面を見るようにしてください。すべての現象において、プラス面を見つけ、そのことに感謝するようにしてください」

つい、青山の前だと甘えて、愚痴が出てしまったことを亮は後悔した。

「片山さん！」

「はい！」亮は青山に目をじっと見つめられ、名前を呼ばれると、つい大きな声で返事をしてしまった。

「この世の有り様を追求し、理解に努めてください。この世の有り様を理解しないがゆえに心が乱されるのです。幸、不幸は自分の心が決定します。本当はみな豊かであり、その豊かさに感謝してください」

「みなが豊かですか？」

「そうです。みなが豊かです」

「どうしてですか？　貧富の差はかくも激しいじゃないですか？」

「そういう見方もできますが、別の見方もあります。

例えば、片山さんには目があります。耳があります。鼻があります。口があります。手足があります。そのおかげで、世の中を眺め、鳥のさえずりを聞き、バラの匂いをかぎ、美味しい食事に舌鼓を打ち、大好きな人に触れることができるのです。そして、片山さんには五臓六腑があり、免疫力があり、神経があります。そのおかげで、新陳代謝が維持され、病気が治り、けがが修復されるのです。これらのことを当たり前と思わないでください。これらの機能を完全に代替するものを人間には作ることができません。ということはお金には代えられない価値があるものを片山さんは持っているということです。これらの恵みに感謝してください。自分の存在に感謝してください。自分を誕生させた両親に感謝。両親の両親に感謝。先祖全員に感謝。そして、その根源に感謝するのです。

また、片山さんは今日、きれいな水を飲むことができます。電気を利用できます。電話、テレビ、インターネットを利用できます。鉄道や自動車、飛行機を利用できます。これらが利用できることを当たり前と思わないでください。原始時代にはこれらは存在しませんでした。片山さんは、原始時代の人間と比較するならば、誰よりも物質的に豊かなのです。こんなに豊かなことに気づかないのはとても残念なことです。相対的な位置付けの中に幸福を求めるのではなく、絶対的な価値の中に幸福を求めてください。

人は時に不平不満、愚痴、悪口を言うものです。人は時に人を非難し、嘲笑するもの。人は時に嘘をつき、裏切るもの。人は過ちを犯すもの。それがこの世の有り様である以上、それらを許し、それらに感謝し、素直に受け止め、自分を向上させる源としてください。人は自分の考えに執着するもの。自分の考えに執着するがゆえに心が乱されるのです。自分の考えに自信がないがゆえに、心が乱され、ムキになるのです。自分の考えは変わるもの。囚われることなく素直に相手の考えに耳を傾け、心乱すことなくこの世の有り様を追求してください。自分も過ちを犯す存在であることを認識し、他人に対して寛容であってください。そして、人間は過ちを犯す存在である以上、自分は常に間違っているのではないかと仮説を立て検証してください。

　また、人は豊かになりたいもの。人は愛されたいもの。人は賞賛を受けたいもの。人は認められたいもの。人は信頼されたいもの。人は励まされたいもの。人は笑いたいもの。人は笑顔を見たいもの。そうであるならば、自分が与えられるものをできる限り人に与えてください。自分が愛、賞賛、信頼、励ましを、まず、求めるのではなく、人を愛し、人を褒め、人を認め、人を信頼し、人を励まし、ユーモアを愛し、心からの笑顔を人に送ってください。今の自分の豊かさは隣人の努力のうえに維持されているものであることを理解し、感謝し、常に心からの笑顔を隣人に送ってください。

　とにかく、すべてに感謝する習慣を身につけてください。私は実は、これを実践することが人生で一番大事なことだと信じています。感謝の念で自分が満たされるようにしてください。そして初めて本当の幸福が得られるのだと思います」

　亮は言葉に言い表せない感動を覚えた。そして、つくづく、青山に感心してしまった。

「青山さんは、本当にすごいですね」

「片山さん。勘違いしないでくださいね。私も今言ったことを確実に実践できているわけではないんです。そうありたいと心がけているのです。でも心がけるということが、まず大事なのだと思います」

そして、亮は帰り際、青山から衝撃的なことを告げられた。なんと、これからはしばらく亮と会うことが、なかなかできなくなると言うのだ。青山は仕事の本拠地をアメリカに移すということだった。

「片山さん、私からお伝えすべきことは今日ですべてお伝えしました。後は学んだことを実践するのみです」

そう言う青山の顔は優しさに満ちていた。それはまるで親の実の子に対する表情そのものだった。亮はその表情を見て悟った。もう一人立ちすべき時が来たのだと。これからはもう誰も頼れる人はいなくなったのだということを亮は理解した。

第Ⅳ章　成功

「お金を追うのではなく、自分の成長を求めてください」

半年後。

亮は一人、部屋でいつものコーヒーをすすっていた。モカコーヒーとハワイのコナコーヒーを独自にブレンドしたものだ。亮はモカの酸味とコナのコクを同時に味わえるこのオリジナル・ブレンドが大好きだった。亮はテーブルに向かいながら、最近の自分の活動状況について、じっと思い返していた。窓の向こうからは静かな雨音が聞こえた。それは柔らかな雨で、考え事をするにはうってつけの日だった。

亮の組織は三百五十人くらいをピークに伸び悩んでいた。それどころか、最近はやめていく人数が多く、組織は縮小傾向にあった。やはり、青山の予言通りだった。収入は毎月三十万円程度にまで増えていたが、活動経費を考えると決して楽ではなかった。家賃と光熱費で毎月、約十万円がとんでいた。もう少し、安い家賃の家に引っ越そうとも考えたが、敷金礼金さえ用意できなかった。新しい事務所を借りるどころの話ではなかった。電話代は毎月五万円を超えている。ミーティング時の喫茶店代も馬鹿にならなかった。喫茶店代と交通費を合わせると、支出は毎月十万円を超えている。亮は恥をしのんで、母親に借金のお願いをした。母は何も言わずにお金を貸してくれた。逆に何も言わないのが、亮には堪えた。

また、近頃は一日平均二件近くのＡＢＣをこなし、多い日は一日に五件以上のＡＢＣを行なっていた。亮のプレゼン力はグループでピカイチという評判になっていて、グループみんなかなかABCを頼まれるようになったからだ。この数か月だけで二百件以上ABCをこなしただろう。ダウンラインに頼まれれば、地方にも応援に行っている。組織が三百人を超えると当然、地方にもグループが拡がっていた。ダウンラインの要請で月に一度は大阪に出向いている。大阪までの交通費はなぜか自腹だ。自分にそれだけの価値がないからであろうか。新幹線代はディスカウント・チケットでも往復二万円以上かかる。都合、これまでに五回大阪に行っているが、これまでのところ、組織の拡大にはさほど貢献していない。説明会も毎週開催しているが、最近では十人以上集まることはない。多い時は二十人以上集まる時もあったのだが。会場費もいつも亮一人で負担している。一日も休むことなく、すべてを犠牲にして仕事に打ち込んでいる。血尿が出ることもある。肉体的には限界に近づきつつあった。しかしながら、不思議なことに、精神的には辛いと感じることは一切なかった。最近では、亮はあらゆる出来事を楽しめるようになっていた。

亮はある日の出来事を思い返した。あれは数か月前のことだ。

亮は待ち合わせの十分前に到着していた。場所は神奈川県、川崎駅。太陽の日差しが眩しい日だった。その日は神奈川県で百店舗以上のコンビニエンス・ストアを経営する社長とのABCを頼まれていた。その社長は更に、レンタル・ビデオ店を二十店舗以上、レストランも数店舗経営しており、年商は数百億円にものぼる神奈川県でも有数の事業家だった。この事業家とはいつかＡＢＣが組めそうだと、ダウンラインから聞いてはいたが、かなり忙しいらしく、なかなか実現しないでいた。そのＡＢＣが、ようやく、実現したのだ。そんなに成功している事業家にＡＢＣをするのは初めての経験だったので、亮は、その日は朝から緊張していた。

ところがＢさんは約束の時間になっても、到着しなかった。亮はＢさんとも面識がなかった。亮はダウンラインから教えてもらっていた携帯番号に電話してみた。

「もしもし、片山ですけど……」

「あっ、片山さぁん？」甘い女性の声だった。

「もうすぐ着きますんで……」そう言うと、女は電話を一方的に切った。よっぽど慌てているのか、謝り一つなかった。

十分ほど遅れて、遠くから亮のほうに走り寄る一人の女性の姿が見えた。三十過ぎの派手な女性だった。額からは汗が流れ、黒いアイラインが崩れ落ちていた。

「片山さんですかぁ？」

「はい」

「山本です。はじめまして」水商売風で、夏の日差しがいかにも似合わない女性だった。

「急ぎましょう。待ち合わせ時間まであと、十分しかないの」

亮は思った。自分が遅れて来たのに「急ぎましょう」はないだろう。

女性はタクシー乗り場へ向かった。亮は後ろをついて行った。タクシーには亮が先に乗り込んだ。運転手が行き先を尋ねてきた。その女性は答えもせずに、携帯電話で電話をかけ始めた。

「もしもしぃ。純ちゃぁん。私、今日子。今、そっち向かってんだけど、住所、なんて場所だったたっけ？」

亮は自分の耳を疑った。電話から漏れ聞く男の声は、「向ヶ丘」と言っていた。

「運転手さん。向ヶ丘までお願い」

亮は女性に尋ねた。「あのう。向ヶ丘ってどこにあるか知ってますか？」

「ううん。でも、純ちゃん、川崎って言ってたから」

亮は願った。高津区の向ヶ丘以外に、もう一つ川崎に向ヶ丘があることを。亮は恐る恐る運転手さんに聞いた。「向ヶ丘って、どこにあるんですか？」

「向ヶ丘って言やあ、高津区の向ヶ丘だろ！」亮の悪い予感は的中していた。待ち合わせ場所は川崎市高津区向ヶ丘だったのだ。この女性は川崎市ということで、川崎駅のすぐ傍《そば》と勘違いしたのだ。川崎市は非常に大きな市だ。ここからタクシーで行くと一時間近くかかる。川崎駅に戻って電車に乗り換えようとも思ったが、亮にはそんな気力は残されていなかった。

そうしたところで、到着時間は十分も変わらなかったからだ。もうどっちみち一時間近く遅刻だ。亮はしばらくして、気を取り直すと、隣で化粧を一生懸命に直すその女性に尋ねた。

「山本さんは、純さんとは、どういうお知り合いなんですか？」

「純ちゃんは、私のお店のお客さんなの」女性は手鏡を覗き込んでいた。

「よく、いらっしゃるんですか？」

「ううん。二回だけ」亮は血の気が引くのを感じた。でも、その半面、亮はこの状況を楽しもうと考えた。

「それで、今日は何と言って時間を作ってもらったんですか？」

「何にも言ってない。時間あけてって言っただけ」

「じゃあ、ひょっとして、僕が来ることも知らないんですか？」

「うん」

亮は驚きのあまり、相手をじっと見つめてしまった。

「だ、だって、アップラインが片山さんに任せておけばいいって言ってたから」

「…………」

目的地に着くと、その女性はそそくさと、タクシー代も支払わずに先にタクシーを降りてしまった。タクシーメーターは八千円を超えていた。亮はなけなしのお金を出さざるを得なかった。亮はこの女性の常識を疑った。相手のせいで、タクシー代が発生したというのに、自分が支払わなければならない理不尽さに、はらわたが煮え繰り返りそうだった。しかし、これもラッキーと自分に言い聞かせた。グループの人にこんなこともあったんだよと、将来話してあげられるぞと。亮は自分の境遇に感謝しようと努めた。こんなことで自分の心を乱してしまってはもったいないと言い聞かせた。

会社の中に入ると、やたらとポスターが目についた。それは日本で有名なゴルファーのポスターだった。どうやら、その会社は、そのプロゴルファーのスポンサーらしい。亮たちが応接室で待っていると、間もなく七階にある社長室に通された。秘書からソファでくつろぐように指示され、コーヒーを飲んでいると、社長とおぼしき人が入って来た。そしてその社長と女性の会話が始まった。相手が女性だったためか、その社長は怒れないようだった。またはは社長はその女性に下心があったのかもしれない。亮は二人の会話をじっと隣で聞いていた。亮は話に割り込むチャンスを窺った。話に割り込んで、社長に色々質問をしたかった。そして、社長に誠実な関心があることを示したかった。亮は、今日は社長から「信用」を勝ち取ることさえできればそれでよいと考えた。ここでビジネスの説明を始めたところで、うまくいくはずがなかった。亮は現時点では、ただの邪魔者にすぎなかった。亮は一生懸命、話に割り込む機会を窺った。亮は部屋を見渡した。すると、ゴルフバッグが置いてあった。亮は「これだ！」と思った。社長の視線を自分に向けさせるためにおもむろに後ろを振り返った。そして、今、まさにゴルフバッグに気がついた振りをして、「ゴルフをおやりになるのですか？」と亮は社長に質問をした。

「ええ」と社長は答えると、急に顔が明るくなった。

「スコアはいくつ位なんですか？」

「シングルです」

「えっ？ それは、すごいですねぇ！」と亮は驚いてみせた。

「ところで、下の階にたくさんの○○さんのポスターがあったんですけど、御社でスポンサーか何かやってるんですか？」

「ええ、まあ」そう答える社長の顔は誇らしげだった。

　それからの話はとんとん拍子だった。

　亮は社長の事業ポリシーから、将来の事業プランなど次々に質問をした。そして、社長の関心事を把握しては、自分との共通項を見つけ、自分という人間に興味を持ってもらうために、それを強調した。また、亮は最近、新聞を隅から隅まで読んでいたので、相手に合わせつつも、時事問題に関する自分の意見もさり気なく述べて、自分が信用できる人間だとアピールした。亮はＡＢＣのポイントはまず共通項を見つけ、「共感」を持ってもらい、「信用」を得ることが肝要であることを学んでいた。

三十分くらい、たわいもない話が続いただろうか。すると、社長が本題を切り出してきた。

「ところで、今日は何の用事でここに来たの？　悪いけど、あと十分くらいで出かけなきゃならないんだ！」と女性のほうを向きながら問いただした。

「ほら、この前、純ちゃんが、うちの店に来た時に渡した商品あったでしょ。今日はあの話で来たの」

そこまで、話すと女は目配せで、亮にその話の続きをするように促した。

「社長は福祉事業に興味がおありとおっしゃってましたよね」

亮はゆっくり話を切り出した。

「ええ。まあ」

「それでしたら、きっと興味を持っていただける話ですので、今度、ゆっくりお時間をとっていただけないでしょうか？　今日はあまり、時間がおありでないということなので。社長のような方にぜひ取り組んでいただきたいビジネスの話なんです」

亮は興味づけすることに専念した。亮は具体的な話はしなかった。中途半端に話をしても意味がなかったからだ。亮は社長の返事を待った。

「分かった」

「では、日時を決めさせていただいてもよろしいですか？」亮は矢継ぎ早に話をつないだ。

亮は二週間後その社長を訪れた。そしてさらに、その後二度の訪問の後、会社を挙げて取り組んでもらえる運びとなった。最初のアポに一時間以上遅れ、さらには、自分が訪問することさえ相手に告げられていなかったことを考えると、奇跡的なことだった。最初の訪問時に「共感」と「信用」を相手から得ることができた結果だった。

しかしながら、残念なことに、その後、ダウンラインの人たちにフォローを任せていたせいか、それとも、例の女性のダウンラインになるのが嫌だったのか分からないが、結局活動を停止してしまった。

亮は机に向かいながら、そんなことを思い出すと、あれもつくづくいい経験だったと思った。お陰で、ティーアップの重要性も理解できたし、何よりも自分の自信につながった。あせらず、「信用」を得さえすれば、次につなげるということを体で理解できた。

最近の亮の行動は傍《はた》から見れば、無駄ばかりで、空回りばかりしているようだが、亮は貴重な経験、成功へのプロセスを踏めていると理解できるようになっていた。物事はその人の考え方次第で見え方が変わってくるのだ。

ただ、亮はどうしたら、この現状を打破できるのか分からなかった。プレゼンの技術もトップクラスであると自負している。他人の説明会に参加しても、たいていは自分のほうが上だと思った。しかしながら、もう、いくら今のやり方で仕事を続けても、これ以上メンバーが増えないことも分かっていた。もう、半年近くグループは拡大してなかったからだ。

でもその一方で、この壁をクリアすることが亮にとって非常に大事であり、この壁をクリアできるかできないかで、大きな差になることも分かっていた。多くの人はここで同じやり方を続けて挫折してしまうのだろう。

ここで活動をやめるわけにはいかない。ここでやめてしまえば、グループの大方は崩壊してしまう。今ではグループの人たちは亮に頼りきっている。まだ必要な役者がグループに揃っていないのだ。

亮はいつまでも続く長い下りのエスカレーターを駆け上がり続けているように感じた。ここで息を抜くと、元のところに戻されてしまい、努力が無駄になってしまう。その一方で、ここを上りきってしまえば、そこで違った風景を楽しむことができるだろう。

「変化」しなければ。「やり方」を変えなければ。亮は静かに自分に言い聞かせた。亮は頭の中では十分すぎるほど理解していた。自分はまだ、青山のたとえるところのレストランのコックに過ぎないことを。レストラン経営に必要なスタッフを育て、次に誰でも、レストラン経営できるノウハウを伝える仕組みをグループの人たちに提供しなければならないことを。ただ、実際問題として、どうしたらいいのか、具体策が見つからないのだ。役者を揃えなければ！　リーダーを育てなければ！　システムを構築しなければ！　そのためには、行動を変えなければ！　そう理解しつつも、ダウンラインから頼まれるままにＡＢＣを続け、現状を打破できずにいた。亮は自分の中にいる二つの自分を感じた。

「早く、変化しなければ」とあせる自分と、「なんとかなるさ」という楽観的な自分である。

亮は今一度、自分の置かれた状況を観察し、分析しようと思った。どうして、グループが拡大しないのか、自分なりに仮説を立てることにした。亮はかけっ放しにしていたビリー・ジョエルのＣＤを止めると、ペンを取り出し、自分の問題点を書き出した。

現状における問題点

・説明会を開いても、以前ほど人が集まらない。
・やる気のある人が少ない。フルタイムで活動する人がグループにいない。
・自分でＡＢＣができる人が少ない。説明会を開催する人が少ない。グループ内にリーダーがいない。

・やめていく人が多い。

・グループの人が活動の仕方が分かっていない。ティーアップが徹底されていない。

思いつく問題点は以上の五点だ。亮は問題点を書き出すと、窓の外に目をやった。相変わらず、雨が静かに降り続けている。

次にそれらの問題がどうして発生しているのか考え、同様に書き出してみた。

・説明会を開いても、以前ほど人が集まらない。

理由　みんなが自分の説明に飽きている。
　　　動員の仕方をグループの人が知らない。
　　　説明会で役割分担ができていない。

　説明会情報の伝達が徹底されていない、もしくは連絡が遅すぎる。

・やる気のある人が少ない。フルタイムで活動する人がグループにいない。

理由　仕事の魅力を伝えきれていない。

　グループの人と密なコミュニケーションがとれていない。

　リクルート活動が足りない。

・自分でＡＢＣができる人が少ない。説明会を開催する人が少ない。グループ内にリーダーがいない。

理由　褒め足りない。手伝いすぎている。させてみせて、褒めてやらねば。

・やめていく人が多い。

理由　商品の魅力、仕事の魅力を伝えきれていない。
組織の拡大の仕方を伝えきれていないため挫折してしまう。
アルバイトではなく、事業だということを理解していない。

・グループの人が活動の仕方が分かっていない。ティーアップが徹底されていない。

理由　トレーニングが足りない。
マニュアルがない。
システムができていない。

亮は理由を書き出すと、次にその対策について一つひとつ丁寧に考えてみた。

・説明会を開いても、以前ほど人が集まらない。
理由　みんなが自分の説明に飽きている。
　対策　別系列の人にスピーカーをお願いする。
　　自分の説明会の回数を減らして供給を制限する。
動員の仕方をグループの人が知らない。
　対策　〝Bさんトレーニング〟を行なう。マニュアルを作る。
説明会で役割分担ができていない。
　対策　ミーティングを開いて、グループの人たちを一堂に会して、問題点を伝え、協力を仰ぐ。

説明会情報の伝達が徹底されていない、もしくは連絡が遅すぎる。
対策　文書を作成する。メーリングリストを作成し、説明会情報を共有する。

・やる気のある人が少ない。フルタイムで活動する人がグループにいない。
理由　仕事の魅力を伝えきれていない。
対策　トレーニングを行なう。
グループの人と密なコミュニケーションがとれていない。
対策　楽しい企画や食事会、研修旅行を企画する。
リクルート活動が足りない。
対策　リストアップをやり直す。リサーチ活動を徹底する。人とのコンタクトを増やす。

・自分でＡＢＣができる人が少ない。説明会を開催する人が少ない。グループ内にリーダーがいない。

理由　褒め足りない。

対策　「褒めることは仕事である」と壁に貼り出す。

手伝いすぎている。

対策　自分でできる人のところへはＡＢＣに行かない。

させてみせ、褒めてやらねば。

対策　自分はプロデューサーであることを自覚する。

・やめていく人が多い。

理由　商品の魅力、仕事の魅力を伝えきれていない。

対策　トレーニングを行なう。

　　　文書による情報伝達を行なう。

組織の拡大の仕方を伝えきれていないため挫折してしまう。

　対策　トレーニングを行なう。

　　　文書による情報伝達を行なう。

アルバイトではなく、事業だということを理解していない。

　対策　トレーニングを行なう。

　　　文書による情報伝達を行なう。

・グループの人が活動の仕方が分かっていない。ティーアップが徹底されていない。

理由　トレーニングが足りない。

対策　トレーニングを行なう。

マニュアルがない。
対策　マニュアルを作成する。その時間を作る。
システムができていない。
対策　システムを作る。その時間を作る。

書き出して分かったことは、書き出してみると解決策が不思議と簡単に分かるということだ。自分の中に答えがありながら、それに気づいてなかったのだ。実際に自分で考えるというプロセスをとって初めて、知識が自分の実生活に融合し、生きた知識に変わっていくのだった。

大きくいって、改善すべき問題点は二つだった。

一つはグループの人たちのためのトレーニングがとにかく足りないということだ。これまでは、ただ人をリクルートすることに一生懸命で、人を育てるための努力が足りなかった。亮は、伝えるべき情報量から考慮すると、トレーニングの量を最低でも三倍に増やす必要があると思った。

そして、もう一つは文書による情報が足りないということだ。したがって、今後は、自分で将来、ＡＢＣができるようになる見込みのある人のところへはＡＢＣに行くのをやめ、午前中はアポを入れないことにして、その分の時間をマニュアルやニュースを伝達するための資料を作成するためにあてることにする。「人造り」は「システム造り」からなのだ。

これまで、青山からしきりに自分で仮説を立て、検証するようにアドバイスされていたが、亮が自分で仮説を立てたのは今日が初めてだった。次にすべきことは、自分が立てた仮説に基づいて検証するという作業を行なうことだ。

亮は早速トレーニングの一環として、伊豆で一泊二日のグループの研修旅行を企画した。十一月の伊豆はオフシーズンということで、山の頂きに面した海の見える温泉旅館を格安料金で予約することができた。

研修旅行は亮の抱える問題解決にうってつけの方法だった。グループ内の密なコミュニケーションはとれるし、トレーニングは行なえるで、一石二鳥だ。そして、研修旅行の一番の効果は、研修に参加した人が本気モードになることだ。真剣に仕事に取り組んでもらうには、まず、自分のグループの人たちに、今、自分たちがかかわっているネットワーク・ビジネスに対して、自分たちは『インサイダー』の人間であるという感覚になってもらうことだということ。ほとんどの人が、副業としてネットワーク・ビジネスにかかわっているので、『アウトサイダー』的な感覚が抜けきらない。自分たちがかかわっているネットワーク・ビジネスに対して帰属意識を持ってもらうことが重要である。そして帰属意識を持ってもらうためには、みんなで『一緒の場所に寝泊まりをし、一緒に食事をし、一緒の風呂に入る』ことだ。要は、生理的な行為を一緒にすることで、動物である人間は、その相手に対して『なかま』意識が芽生える。学生時代、体育会系の人たちは仲が良かったが、その理由は彼らが合宿所に入り、同じ屋根の下で寝泊まりし、同じ釜のメシを食い、一緒に風呂に入ったりしたことが大きい。

ただ、亮や大島だけがスピーカーでは研修内容に魅力がなく、参加者が少なくなってしまうので、ゲスト・スピーカーを招いた。洋子のみならず、駄目もとで小松にも参加してもらえるようにお願いしてみた。すると意外なことに了解がもらえたのだ。小松がゲストとして参加する旅行としては極めて小規模な研修旅行なのだが。

参加者は亮と大島を含め二十七名だった。通常、小松がゲスト参加する旅行では、百人以上の人が集まるという。ただ、洋子に注意されたのだが、小松をしっかり宣伝して、そんな小松と一緒に旅行できる数少ないチャンス、言い換えれば、『最後の企画』であることを強調すれば、もう少し参加者が増えたはずだった。

研修の参加者は三十代が中心で、男女はほぼ半々だった。江本のグループの人も、亮が誘ったところ、一名だけ参加した。その人は江本に似ておしゃべりな、五十過ぎのお腹の出た、やたらと元気なご婦人だった。口がやけに大きく、しゃべると歯茎がやたらに目立った。正直言って亮にとって生理的に受け付けないタイプの人間だ。

研修は予定より十分遅れて、午前十時四十分から大島の司会で始まった。ざわめきの中、大島は茶色い地味なスーツ姿でマイクスタンドの前に登場した。これぞ温泉旅館の宴会場という雰囲気の中、スーツ姿の大島は妙に浮いていた。そして、朝が早かったせいか、後ろの髪の毛がはねていた。亮はハラハラしながら様子を見守った。「みなさま、こんにちは！」と、大島は手話を交えながら大きな声で挨拶した。そして、ざわめきが消えるのを待つと、大島は話を続けた。

「この度は、研修にご参加いただきありがとうございます。この研修旅行は、みなさまグループ間の縦横のつながりを強化していただくと同時に、ビジネスへの確信を深めていただくことを目的としております」

会場はシンとしていた。そして、季節柄か、会場は少しひんやりしていた。

「したがって、今日のスケジュールですが……」

そこまで話すと、大島の額から大粒の汗がこぼれ落ちた。

「まず、午前の部では、商品についての理解を深めていただくために、われらがリーダー片山くんより商品説明を約一時間してもらいます。その後、みなさまに商品を試していただいた感想、体験談を発表していただく予定です。どうぞ、ご協力お願いします」

大島は無難に司会をこなしていた。そして、大島の手話は以前より大分上達しているようだ。ところが、である。手話を続ける大島に亮の目が思わず、釘付けになった。大島が手話をしながら肘を曲げる度に、ピンボールサイズほどの白い模様が視界に入った。なんと大島のスーツの肘のあたりが擦り切れているのだ。亮はその後、しばらく、大島の司会ぶりを凝視できなかった。みんなの視線もそこに注がれているのではないかと気が気でなかった。亮は悔しかった。みんなの前で、大島に恥をかかせてしまった。大島に早くスーツくらい買えるようになってほしいと思った。と同時にもう一つの光景が浮かんできた。それはお古ばかり着ている大島の娘たちの姿である。そんな亮の心配をよそに、大島は一生懸命に司会役をこなしていた。

「そして、午後の部は、まず、アメリカでMBAを取得し、現在、某外資系のコンサルタント会社でご活躍の藤田宏司氏より、『ネットワーク・ビジネスとねずみ講の違いおよびネットワーク・ビジネスの可能性』というテーマでお話ししていただきます」

嬉しいことに、今回の研修に宏司が参加してくれた。小松から誘ってもらったのだ。

「その後、僭越《せんえつ》ではございますが、私、大島より効果的なアプローチ方法というテーマでお話をさせていただきます」

司会とスピーカーの両役をこなしてもらうのは不自然ではあったが、役者不足の現状では致し方なかった。

「そして、その後、ビジネスの進め方やあり方について、当ビジネスの成功者である小松雄二さんおよび鈴木洋子さんよりお話をいただく予定です。これは、またとないチャンスですので、ぜひ、成功者の秘訣を盗みとってください。また、夕食後はお二方を囲んでの懇親会を企画しています。本音や裏話など、普段聞けない話をどんどん聞き出してください」

研修の段取りについては、亮たちは経験がなかったので、洋子の提案通りにした。そして、大島は次のように挨拶を締めくくった。

「今回の研修が目的を同じにする同志との素晴らしい出会いを提供し、より豊かな人生を獲得するきっかけになれば幸いです！」

亮は研修の進行について初めは心配だったが、思いのほか研修はスムーズに進んだ。それは大島の司会によるところが大きい。こういう企画の盛り上がりは司会のよし悪しで半分は決まってしまうのだろう。大島は場を盛り上げるのが実にうまかった。亮は大島がグループにいてくれて本当にありがたいと思った。

午前の部が無事に終了し、亮はひと安心した。自分の中ではなんとか、論理的に商品の魅力について伝えることができたと思った。

体験談発表は一人一分間で、十人の人に話してもらった。亮は自分が扱う商品の良さについて十分認識していたつもりだったが、改めて多くの人の声を生で聞くと、さらに商品に対する確信が増し、商品を伝えることに対して使命感に似たようなものを感じることができた。また、自分が伝えた商品が多くの人に役立っていることが確認でき、少なからず、感動を覚えた。

亮は初め、強烈な体験を持つ三人に五分間ずつ話してもらったほうがいいのではないかと洋子に提案した。ところが、実際にやってみて分かったのだが、洋子の提案通り、一人あたりの時間を短くして、より多くの人に話してもらったほうが、ストーリーの展開が速く、飽きずに楽しく聞くことができた。たまに制限時間を超えて話をする人がいたが、そういう人の話はたいてい途中で飽きてしまった。

午後の部は予定通り、宏司の話で始まった。その隣では相変わらず、大島が手話をしていた。亮は宏司の話を聞きながら、つくづく、どんどん人に責任を与えることが大切だと思った。亮は宏司ほど論理的に、しかも分かりやすく、ネットワーク・ビジネスとねずみ講の違いやネットワーク・ビジネスの可能性について説明する人を知らなかった。宏司はこれまでまったくと言っていいほど、活動してなかったので、宏司のプレゼンが始まるまで正直心配だった。だが、そのプレゼンを聞いて、さすがは宏司と思った。きっと、今日という日のためにしっかり自分で下調べをし、練習していたのだ。そして亮は思った。宏司みたいなMBAを取った人間からネットワーク・ビジネスとねずみ講の違いについて話してもらえることは、多くの人にとって自信につながるだろう。自分の周りに宏司ほど、『信用』を売る適任者はいなかった。亮はどうしても宏司に、このビジネスに積極的に参加してほしいと思った。

宏司の話が終わると、次は大島の出番だった。大島はアプローチに際しては事前のリサーチが重要であり、ネットワーク・ビジネスほど、人に尽くせる仕事はないと強調していた。目の前にいる人間に対して、自分には何ができるだろうと考えることから始まるこの仕事が大好きだと。人に尽くすためには、まず、リサーチして相手のニーズを把握し、その結果、その人がAという情報が欲しいのなら、Aという情報を提供し、ネットワーク・ビジネスが相手のニーズと合うようなら、その時、初めてネットワーク・ビジネスを勧めてほしいと強調した。相手に対して自分ができることをしてあげてれば、その分、自分の人生が豊かになると。

大島の話が終わると休憩時間となった。部屋の外でタバコを吸って一服する者もいれば、コーヒー缶片手に体を温める者もいた。亮は参加者みんなの顔色を窺った。みんなが今回の企画に満足してくれているか心配だった。

休憩が終わると、次は洋子の出番だった。洋子はいつもと違って、少し緊張した面持ちで登場した。亮はその表情を見て、洋子は人前で話をするのが苦手と言っていたのを思い出した。演壇の前に立っても、洋子はしばらく話を始めなかった。演壇の前で二、三回深呼吸をすると、覚悟を決めたかのように、ようやく話を始めた。

「きょ、きょう、私のテーマは、どうやって、自分より力のある人から協力を得るか、です」

洋子の話し方はいつもと違い、たどたどしかった。逆にそのたどたどしさが聴衆の注目を集めてるようだった。

「多くの人は、自分より格上と思われる人に話をすることに尻込みしてしまうと思うんです。私もそうでした。ご覧のように口下手だし、女だということで、仕事のできそうな男性を説得するなんてことは絶対にできないと思っていました。でも、私はある日、誰にでもできる魔法とも言える秘密の方法を教えてもらったんです。イエス・キリスト様から！」

亮は思った。どんな方法なんだろうと。そして、どうやってイエス・キリストから教えてもらったんだろうと。

「みなさん、知りたいですか？　その方法を」

洋子は、聴衆に質問を投げかけた。

「もちろんです」と言わんばかりに、みんなうなずいていた。

「それは……、お願いすることです」

会場に沈黙が流れた。そこに、例の江本のグループのご婦人が大声で質問した。

「神様にですか？」

亮は後悔した。こんな茶化すようなことを言うなら、連れてこなければよかったと。その大きな口を塞いでやりたかった。

洋子はにっこり笑って答えた。

「それもいいかもしれません。でも、もっと確実なのはその相手に直接お願いすることです。

よく言われますよね。この仕事は人にお願いしてやってもらう仕事ではないって。確かに、契約してくれるようにお願いしないほうがいいでしょう。契約してくれとお願いすれば、相手は契約するだけで終わってしまいますから。例えば、人を紹介してほしいなら、その人に人を紹介してくださいとお願いしてください。千人の組織を作りたいなら、そうなるように、『力を貸してください』とお願いしてください。『力を貸してください』というセリフは魔法のセリフです。ぜひ、試してみてください。ただし、相手にできることをお願いしてください。お願いは相手の度量、状況に見合ったものにしてください。

『求めよ、さらば与えられん』です。これはイエス・キリストの言葉です。私はこの魔法を教えてもらって初めて気づきました。それまでは、自分で、初めから無理と決め込んで、ただ、お願いしてなかっただけなんだって。

一つ具体例を挙げましょう。私の知り合いで、とっても綺麗な女性がいます。もう、本当に信じられないくらい。スタイルも良し。性格も良し。でも、こういったら失礼な話なんだけど、これまた信じられないくらい不釣り合いな男性と結婚してしまったの。で、彼女に聞いてみたんです。どうして彼と結婚したのって。そしたら、彼以外、付き合おうって言ってきた人が一人もいなかったって。要するに、周りの人はみんな、自分には高嶺《たかね》の花と勝手に決め込んだのです」

亮は自分に彼女がいない理由を改めて考えてしまった。

「また、私利私欲のためだけにお願いしないほうが願いが叶う可能性が高いようです。自分がお金を得たいがためにお願いするのではなく、みなさんの扱う商品を世に普及させたい、ネットワーク・ビジネスを普及させたいという思いを叶えてもらうためにお願いしてください。そうでなければ、なかなか本物のリーダーからは共感が得られないようです。要するに、お願いの仕方を間違ってはいけないのです。共感が得られるような形で、真剣にお願いしてみてください。繰り返しますが、真剣に、です。私には特別な才能がないので、ただただ、熱意を持って、その人その人ごとに、その人にできるお願いをしてきたのです。そうしたら、四千人のグループができていたのです。

したがって、自分が心の中で百人のグループを作ることを強く望むと、知らず知らずのうちに、グループの人にそうなるようにお願いしていて、その自分の願い通りに、いったん百人のグループができます。ところが、その後、グループ人数は減ってしまいます。なぜなら、目標というのはそこがピークになってしまうものだからです。仮に長期の目標があっても、短期の目標に意識が集中しすぎると、本当の目標が百人になってしまうからです。二百人を目標にしている場合は二百人までグループは拡大し、その後、縮小します。求めた通りの結果になるものです」

亮は心の中でつぶやいた。『求めよ、さらば与えられん』かと。自分の本当の目標は何なんだろうと。目標が定まってなければ、目標にたどりつくはずがなかった。

そんなことを考えていると小松が登場した。小松は潜在意識についての話を始めた。しかし、亮はなかなか小松の話に集中できなかった。なぜなら洋子のセリフがずっと亮の耳にこだましていたからだ。『求めよ、さらば与えられん』と。このセリフが亮の何かを刺激したのだ。自分の中にある何かがささやきかけてくるようだった。

亮は後ろ髪を引かれる思いであったが、洋子のセリフについて考えるのは後回しにして、今は小松の話に集中することにした。小松は力まないことの重要性について話をしていた。

「潜在意識に働きかけるポイントは力まないことです。例えば、『俺は成功する。俺は成功する』と人前で平気で言う人がいます。傍から見ていても力んでるな、と感じる人がいます。こういう方は、私の経験上、得てしてうまくいきません。例えば、ゴルフ・ボールを遠くに飛ばすためには、クラブのヘッド・スピードが速くなければなりません。最初から最後まで、力みっ放しではかえって、ヘッド・スピードが遅くなってしまい、ボールは遠くまで飛びません。クラブのヘッド・スピードが速くなければ、ボールが遠くまで飛ばないように、実際の活動のスピードが速くなければ、早くグループを拡大することはできません。ところが、気持ちが力んでしまうと、実際の活動はにぶってしまいます。頭で考えるだけで、実際の行動が伴わなくなってしまいます。力まずに淡々と、人と会ったり、コミュニケーションをとったりという作業をこなすことです。水に濡れた石鹸《せっけん》は力むとつかめないのと一緒です。大事なことは、常にリラックスした状態で、自分に『自分は成功する』と言い聞かせ、自己暗示をかけ、成功するために必要な行動が取れるようにすることです。当たり前の話ですが、ベッドの中にじっとしていて『自分は成功する』と、いくら言い聞かせても、行動が伴わなければ目的は成就されません。目の前に自分が欲しい石鹸があっても、手を伸ばすという行為が伴わなければ手に入れられないのと同じです」

亮は聞いていて思った。話の上手な人は決まって、分かりやすい比喩を使うものだ。

「したがって、潜在意識に働きかけるポイントは、無理して自分に言い聞かせようとしないことです。力むと逆効果です。間違っても、自信のないうちから、『俺は絶対、成功する』などと言い聞かせないでください。心の奥底で信じきれていない時は、こういったセリフはかえって逆効果になります。『絶対』という言葉を使う時は、失敗するはずがないという揺るぎない自信がある時だけにしてください。揺るぎない自信がない時は、『俺は絶対、成功する』という代わりに、『なんか知らないけど、俺は成功する気がするんだ』と言うようにしてください。『俺は絶対、成功する』と言い聞かせる時は、一つでも失敗する根拠が見つかると、その根拠がかえって、潜在意識の中で大きなものになり、信念を弱める材料となってしまいます。『絶対』ということは百パーセントということですから、百パーセントでない理由が見つかると、その理由がクローズアップされてしまいます。一方、『なんか知らないけど、俺は成功する気がするんだ』と言い聞かせる場合は、一つでも、うまくいきそうな理由が見つかると、それは自分の信念を強める材料となり、その信念はますます強化されます。実は『俺は絶対、成功する』と言い聞かせると、通常、信念は徐々に弱まってしまい、『なんか知らないけど、俺は成功する気がするんだ』と言い聞かせると、信念は徐々に強まっていきます。一つひとつ自分の信念を強める材料を発見し、徐々に強化していくことが重要です」

講演終了二時間後、亮の乾杯の音頭とともに宴会が始まった。五十畳くらいある広々としたスペースに二列に卓袱台《ちゃぶだい》のような小さいテーブルが並んでいて、みんな向かい合うように座った。温泉につかった後だったので、多くは浴衣《ゆかた》を着ていた。食事は刺身や天ぷら、ぬた、茶碗蒸しなど、典型的な旅館料理だった。日本酒がやけにうまかった。お酒もまわってくると、みんな大はしゃぎだった。そして、いつの間にか誰が声をかけるわけでもなく、自然と、カラオケが始まった。美声を披露するものもいれば、物真似をする者もいて、会場は大いに盛り上がった。亮はみんなが一様にかくし芸を持っていることに驚いた。

そして、宴もたけなわとなったころ、一人の若い浴衣姿の女性が上座の中央に立った。妙な存在感があり、聴衆の視線を一身に集めた。背が高く、色白の綺麗な女性だった。亮は今回の研修会でひときわ目立つ彼女の存在が気にはなっていたが、話しかけるチャンスがないままでいた。その女性は上座中央に立ったかと思うと、「みどり、お願い」と合図を送った。すると、どこからともなくギターの音色が聞こえてきた。亮が振り返って後ろを見ると、背が高く痩せた女性がギターを弾いていた。曲目はカーペンターズの『遥かなる影』で、静かで綺麗な音色だった。そして、その女性はその伴奏に合わせて歌い出した。深い渓谷《けいこく》の中に突然、現われる湖のように澄んだ声だった。そして歌い終えると、今度はマドンナの『ライク・ア・ヴァージン』を、先ほどの静けさとは正反対に、激しく踊りながら歌い出した。その女性は間奏に「フューフュー」とも「ヘイヘイ」とも聞こえる掛け声を上げ、湯上りの濡れた髪を振り乱し、肌もあらわに激しく踊り、そして歌っていた。艶《なま》めかしくもあり、陽気な踊りだった。そして、二曲目を歌い終えると、彼女は席に座る亮の腕をつかんで、「こっちにきて」と上座中央に引っ張り出した。すると、ボブ・ディランの『風に吹かれて』のメロディーが流れ出し、彼女は亮の背中のほうにぐるりと回り、両手を亮の肩の上に乗せ、そのリズムに合わせて踊り出した。彼女は次々に「そこも立って！」と、みんなの腕を引っ張った。

そして、「もっと、みんなで盛り上がりましょう」、そう、大声で呼びかけると、会場に妙な熱気が巻き起こり、聴衆はその熱気の渦にいつの間にか飲み込まれ、気がつくと、会場にいた全員が一つの輪となり踊り出していた。グループが文字通り一体となり、精神的にも一つになった瞬間だった。そして、それは伊藤早苗、彼女との衝撃的な出会いの瞬間でもあった。

亮は合宿後、毎週末、勉強会を開催することにした。そして、そこには必ず、伊藤早苗の姿があった。亮は彼女が来てくれるだけでも、勉強会を開く意義を感じた。彼女は元アイドル志望の二十六歳の女性だった。彼女いわくアイドルになるにはもう歳をとりすぎてしまっていて、次の目標を探していたそうだ。そんなところに、友人のみどりから今回の商品を勧められ、これまでにない感動を覚え、その感動を一人でも多くの人に伝えたいと思い、このビジネスを始めたらしい。彼女には花があり、人の目を自然と集めてしまう存在感があった。彼女の周りにはいつも人が集まっていた。破茶滅茶に明るい性格で、いつも顔に似合わない冗談ばかり言っていた。勉強会には毎度二十人以上が参加したが、それは亮の説明の内容によるよりは彼女の存在によるほうが大きいようだった。それは参加者の多くが男性だったことからも明らかだった。ただ、亮は勉強会の内容にはかなり気を遣った。毎回、古いＩＣレコーダーを聞き直しては文章に落として、それを題材にした。

また、亮は合宿終了後すぐに、率直に宏司に「力を貸してほしい」とお願いした。宏司は笑みを浮かべると、「いいよ」とふたつ返事で了解してくれた。

したがって、今では亮、宏司、大島の三人でそれぞれがパートを受け持ちながら、月に二回、勉強会の後に事業説明会を開催するようになった。会場については、宏司の紹介で大きな会社の社長が登録してくれたお陰で、目黒にあるその人の会社のセミナールームを利用できるようになった。五十名前後入るとても綺麗な会場で、その社長は無料でその場所を提供してくれた。金欠病の亮たちにはとてもありがたかった。

その社長が言うには、宏司からの話でなければ、ネットワーク・ビジネスの話には間違っても耳を貸さなかったそうだ。逆に宏司の紹介であれば、間違いないと思ったらしい。その後も宏司の紹介で、続々と社長クラスの人間がグループに参加してきた。社長クラスの人間は一部の例外を除けば、積極的に組織を拡大する人はいなかった。しかし、そうした社会的地位のある人たちが参加しているという事実がグループの人たちの自信や安心につながっているようだった。これも一つの『信用』だった。

事業説明会では、毎回、亮がまず商品説明を行なった。次に宏司がネットワーク・ビジネスについて説明した。彼の話は厭味《いやみ》がなく、宏司のハンサムな見た目も手伝ってか、聴衆は自然と宏司の話に引き込まれ、ネットワーク・ビジネスに対するイメージは一転してしまう。宏司は『バイブル』のいうところの『信用』という役者そのものだった。亮は自分のグループにどんどん必要な役者が揃っていくのを感じた。そして、説明会の最後に、大島が毎回、感動的な心に訴える話を披露してくれた。大島はいつも熱い男だった。また会場受付は、例のおばさまがいつも担当してくれた。あの歯茎の目立つおばさまである。名前は林直美といった。彼女は開けっ広げな性格のせいか、人脈が広く、毎回、事業説明会に二、三人のゲストを連れて来た。行動力があり、彼女のグループは急拡大しつつあった。林は江本のグループの人間だったので、亮はあまり応援したくなかったが、自主的に行動する彼女を応援しないわけにはいかなかった。江本は亮のビジネスの邪魔をし、一方の自分は江本の収入が増える手伝いをしていることに、やるせなさを感じた。

また、早苗は事業説明会の度に観客席の一番前に座って、会場に花を添えてくれた。彼女がいてくれるだけで会場が明るくなった。そして、スピーカーの話に大きく相槌を打ち、本当にくだらない冗談にも笑ってくれた。その笑い声はさわやかで、不自然さはまったくなかった。心の底から、楽しんでいるようだった。そして、毎回、会場は彼女の明るい笑い声につられるかのように、いつの間にか大爆笑のうちに会を終えるのであった。彼女の存在は亮のグループにおける『スター』だった。

最初の合宿から半年後、亮のグループは六百人以上に膨らんだ。五十名前後入る事業説明会会場は毎回、満杯になった。勉強会にも毎回大勢集まるようになった。今では初心者用とリーダー向けの二つのコースが設けられていた。勉強会のテキストはそれぞれ、二百ページ以上になっていた。テキストの内容は宏司がどんどん改訂してくれた。さすがはコンサルタントが作ったという内容に仕上がっていた。また、三か月に一度、研修合宿も開催するようになっていた。研修合宿の成果は驚くほどで、参加人数も徐々に増えていった。

そして、亮はついに今度こそ、『集中の法則』を実践する時が来たと感じた。必要な役者も揃ったし、ソフトも準備できたので、あとは舞台を用意するだけだと思った。

亮は恵比寿駅近くに自宅兼事務所用にちょうど良さそうな1LDKの物件を見つけた。ちょっと古めのマンションだったが、リビングが二十畳以上と広かった。通常の1LDKのリビングは十畳前後のものが中心で、事務所スペースとしては狭すぎる。また、恵比寿は山手線沿線で交通の便も良く、グループの人たちが集まりやすく理想的だった。しかも、事務所用としても利用可能な1LDKの住居用物件は恵比寿駅付近では珍しく、掘り出し物だった。ただ、不動産というものは、みんながみんな、借りる時は掘り出し物を見つけたと思って借りるものだとは思うのだが。みんな自分が得をした気になりたいのだ。不動産に掘り出し物なんてめったにあるはずがなかった。

そこの家賃は三十万円を超えたが、『集中の法則』を実践するとなると、最低限、これくらいの広さが必要と思われた。以前に慌てて、狭いところを借りなくて良かった。ただし、ここを借りるとなると、毎月の収入の半分以上が家賃だけで消えてしまう。そして、家賃四か月分の敷金礼金も用意しなければならない。今の亮にそんなお金はなかった。せめて、敷金礼金分だけでも、誰かに借りる必要があった。

亮は再度、洋子を訪れた。ただし、今度は収支計画表を持って訪問した。洋子は収支計画表を見ると、あっさりと、お金を貸してくれることを了承してくれた。

金曜、夜七時。夏の終わりの蒸し暑い夜。ガラステーブルの上に置かれたユリの香りが部屋中にたち込めていた。亮は今日も自分のサロンで、目の前に座る新しい訪問客に対して熱く語っていた。相手は銀行員風の五十近くの男性だ。イサム・ノグチの和紙でできたランプが相手を黄色く照らし出していた。亮はここに引っ越して来て以来、一年以上、説明会のない日はほとんど毎日、このサロンでプレゼンを繰り返していた。

亮はイタリア製の革のソファに深々と座りながら、相手の目をじっと見つめると、話の続きを始めた。

「私もかつてはサラリーマンをしていたので、こういう言い方をするのを許していただきたいのですけれども、ひょっとすると、サラリーマンは小作人以下の存在ではないかと思うんです」

亮がそう言うと、プライドの高そうな目の前の男性は怪訝な表情をした。だが、亮は気にせず話を続けた。

「小作人は地主から土地を借りました。一方、サラリーマンは会社のオーナーから机やいす、のれんを借ります。共通するのは共にオーナーではないということです。そして、小作人は借りた土地から生産したものを地主に渡して、そこから一部を分けてもらって生活をしていました。一方、サラリーマンはのれんを借りて、机の上でビジネスを耕し、そこであげた利益の一部をもらって生活をします。スタイルが変化しただけで、本質は変わっていないのです」

亮は『バイブル』通りの説明ができるようになっていた。そして、プレゼンしながら、何度、この説明を繰り返しただろうと思った。

「そして、どうしてサラリーマンが小作人以下の存在だと申したかというと、今のサラリーマンは小作人以上にゆとりがなくなっているからです。小作人の時代は電球は存在しませんでした。エジソンが電球を発明したのは一八七九年、ほんの百数十年前の話です。電球が一般に普及したのはつい最近のことです。したがって小作人は暗くなれば仕事を終え、家に帰りました。そして、家族や友人との団らんを楽しみました。当然、電車も自動車もありませんでしたから、雨が降ったら仕事は休みです。その日、働くか否かは自分で決めます。

一方、現代のサラリーマンはどうかというと、雨が降っても通勤します。月曜日は嫌々出勤します。そして、夜中まで働きます。なぜ、夜中まで働くかというと、周りの人も働くからです。隣の人がカローラを買ったと聞けば、自分もカローラに乗りたいと思い、隣の人が今度はSUVを買ったと聞けば、自分もSUVに乗りたいと思い、今まで以上に働きます。

そして、ベンツを買ったと聞けば、今度はベンツが欲しいと思い、それを実現するために働きます。われわれは絶対的な価値の中に幸せを見出そうとするのではなく、隣人と比較し、相対的な位置付けの中で幸か不幸かを判断しようとするので、一生懸命働くのです。平均以上に満たされてないと、幸せと感じないのです。一方、小作人の時代は周りのみんなも何も所有していなかったので、自分が貧しいなんて認識はわれわれが思っているほど感じてなかったと思います。かく言うわれわれ自身だって、百年先の世界から眺めれば、恐らく物質的には貧しいのです。小作人は現代のわれわれと比較して、豊かか、貧しいかなどと考えなかったのです。

そして、現代のサラリーマンはたとえ、ピラミッドを登りつめて社長になったとしても、子供にその地位を相続できません。一方の小作人は歳をとって働けなくなれば、せがれがその土地を引き継ぎ、耕しました。後に残される家族のために一生懸命、土地を耕す甲斐があったのです。今の日本じゃ、その貢献に見合った会社の株さえ、サラリーマンはもらえません。

ネットワーク・ビジネスも会社と同じでピラミッド組織です。そして、ネットワーク・ビジネスだけが完璧な仕組みだなんて主張するつもりもありません。大雑把に言ってしまえば、ネットワーク・ビジネスは今の会社組織の営業部門をアウトソーシングした仕組みです。会社内部に通勤してピラミッドを作るか、バーチャルにピラミッドを作るかの違いです。ただ、ここで強調したいのは、サラリーマン制度と違って、ネットワーク・ビジネスにおいては自分が作ったピラミッドはずっと自分のものということです。定年退職はありませんし、自分が作ったビジネスの権利を相続することもできるのです。自分がオーナーであり、自分のためのビジネスなのです。したがって、楽しく働くことができます。オーナーや上司の顔色を窺いながらする仕事ではなく、常にお客のほうを向いてする仕事なのです。仕事とは本来、お客さまのためにするものです」

目の前の男性は食い入るように、亮の話に耳を傾けていた。

「私はウォーレン・バフェットも信じません。彼はストックオプションを最近の会社は与えすぎると非難しています。株を増発すると、株の価値が希薄化し、既存株主の利益が損なわれるというのが彼の主張です。私は資本家だけが豊かになろうという発想を信じません。ウォーレン・バフェットの主張に反して、今、本当に元気の良い会社というのは、アップル、グーグル、アマゾンなどのアメリカのハイテク関連の企業を始め、スターバックスなどストックオプションを豊富に与えている会社ばかりです。ストックオプションを与えることによって、寝食を忘れ、自分のために働くのです。みんなが自分の会社、もしくは自分のために働いていると感じています。これらの会社は、社員のやる気を引き出す仕組みを確立したことで急成長を遂げています。こういった人のやる気みたいなものはバランスシートには出てこないため、こういった点はこれまで見過ごされてきてしまったように思います。

　これまでの資本主義は株主を優遇するあまり、そこで働く社員のやる気をそいでしまい、結果、株主のためにもならなくなってしまっているのではないでしょうか。そして、多くの人は働くこと以上に、株式投資をすることに喜びを見出すようになっているのです。多くのサラリーマンは自分が働くのではなく、誰か他のサラリーマンの働きに期待して稼ごうと考えているのです。みんながみんな、働くことは割に合わないことだと感じているのです。これは解決すべき、大変由々しき問題です。

　私は今後徐々に、サラリーマンのあり方が大きく変化していくだろうと思っています。つまりは、働く社員がその会社のオーナーに、もっともっと、なっていくだろうと考えています。将来はストックオプションを用意しないような会社には誰も就職しないのです。

　私は、今のようなサラリーマンという存在を消してしまい、百年先の歴史の授業では、『サラリーマン』という言葉は『小作人』のような響きを持って受け止められるようにしたいのです。そして、将来の歴史の授業では決まったある映像が流されるようにしたいのです。その映像とは新宿駅の朝のひとコマです。満員電車に乗り込もうとするサラリーマンの背中を駅員が一生懸命に押している映像です。窓ガラスに押し付けられて、しわくちゃになった顔とスーツが電車の窓越しから見えるのです。こういった時代もあったのですよと。そして、そういった一種独特な映像を見て、子供たちは一様に驚くのです。それはある種、宗教がかった光景に見えるかもしれません。

また、試験問題では『この時代、サラリーマンの働きすぎによる（　　）が多発し、社会問題となりました。（　　）を埋めてください』といった問題が出題されるのです。空欄の答えは『過労死』です。授業に出て、初めてこの言葉を聞く子供たちは無邪気に驚くのです。『へェー、この時代の人たちは自分のビジネスのためでもないのに死ぬまで働いたんだ。哀れだね。まるで、ピラミッドを造った時の話みたいだね』と。そして、試験問題は続きます。『毎年、春になると、サラリーマンたちは賃上げを要求して一揆を起こしました。これを（　　）と呼びます』と。今度の答えは『春闘』です。

よく考えてください。『サラリーマン』という言葉を日本語にすると、『賃金マン』、『賃金人』です。やっていることも、語感も『小作人』と似ています。慣れていること、慣らされていることが常に正しいわけではないのです。本当はみんな心の底から、サラリーマンであることに満足しているわけではないのです。だから、どこの居酒屋に行っても、サラリーマンが上司やら会社の悪口を言っているのです。陰でこそこそ不満を言うのではなく、もっともっと、みんな自分の権利を主張すべきなのです。われわれは、マルクスが言ったように、ある意味、資本家に搾取《さくしゅ》されているのです。私には、マルクスが言いたかったことがよく分かります。でも、ただただ、権利を主張するだけでは、その権利を手に入れることはできません。ただただ、ストックオプションをくれと叫んだところでもらえないのです。みんなが自立して、会社を辞めていく必要があるのです。どんどん社員が辞めていってしまうと、社員を引き留めるために、会社はどんどん、社員を優遇するようになります。

しかし、自立すると言っても簡単ではありません。そして、もちろん、みんながみんな会社を辞めることを勧めるわけではありません。サラリーマンであることに満足している人も当然いるからです。そして、通常は事業を興すには資金も必要になってきますし、失敗する可能性もあるからです。そこで、好都合なのがネットワーク・ビジネスなのです。資本金もさして必要ありませんし、仕事を続けながら、副業でネットワーク・ビジネスを行ない、自立できるようになってから、辞めたい人たちは会社を辞めればいいからです。

私がやりたいことは、今のサラリーマン制度というものが資本家偏重の不条理な仕組みであるということに一人でも多くの方に気づいてもらい、より良い社会を実現したいだけなのです。ネットワーク・ビジネスを普及させることで、各自がより主体的に行動をとるようになり、社会全体の仕組みを変えるようなきっかけを作りたいのです。今の仕組みは本当の民主主義からはほど遠いのです」

目の前の客はただただ、聞き入っていた。

「また、日本で明治維新を起こしたのは若き志士たちでした。彼らは今でこそ、尊敬されていますが、当時の状況を想像するならば、同時代を生きた人たちから見れば、幕府のルールを破ったただの謀反《むほん》者です」

ここまで話すと亮は目の前の客の顔をじっと見つめた。

「木村さんはどっちを尊敬しますか？　幕府のルールを守った一般市民ですか？　それとも若き志士たちですか？」

「それはもちろん、若き志士たちです」

「そうですよね」と亮は満足そうにうなずいた。

「彼らは周りの目や評価を無視して、自分の信念に基づいて行動したわけです。今の私の心境もそれと似ています。周りの人たちは『それって、ねずみ講でしょ』と言います。でもそんなことは気にならないのです。自分がやったことは歴史が評価してくれると信じているからです。ただ自分の信念に基づいて行動し、少しでも社会が良くなればと思っているだけなのです。そして、木村さんにはそのお手伝いをしていただきたいのです。これを機会にぜひ、ネットワーク・ビジネスについていろいろ調べてみてください」

ここまで話すと、亮はハーブティーをひとすすりした。その仕草は青山そっくりだった。

「そして、もし今日の話に共感し、少しでもお手伝いをしてもいいと思っていただけたのなら、ぜひ、明日また、ここへお越しください」

「明日ですか？」

「そうです。明日です。これが重要なのです。午前中半休してもらっても構いません。とにかく明日お越しください。なぜなら、感動や記憶というものは時間の経過とともに薄れてしまうからです。明日、来なければ、あさって来ようとする意思はもっと減ってしまいます。そして、時間が経つうちに、今日聞いた話はどうでもいいやとなってしまうのです。そして、今日までの習慣をそのまま続けてしまうのです。人生を変えたい時、大事なのは行動に移すことです。そして、習慣を変えることなのです。明日、少しの時間で結構ですので、ただ、足を運んでみてください。一歩踏み出すことが一番重要なのです。ただ、聞いただけでは一歩踏み込んだことにはなりません。人生を変えるにはきっかけが必要です。明日をそのきっかけにしていただけたら、と思います」

亮は、必ず来訪客にこのセリフを言うようにしていた。このセリフを忘れずに言うようになってから、サロンに大勢集まるようになった。実はそれまでは、サロンにはいつも同じメンバーしか集まらず、サロンを出したことを後悔した時もあった。亮はサロンを出してみて、人はなかなか行動が変えられないということがいやというほど分かった。習慣を変えてもらうことが一番大変で、重要なことなのだ。

かつては、情報を伝えることばかりで、メッセージを送っていなかった。ただ情報を伝えるだけでは、相手の行動は変わらない。それこそ、次にどういったアクションをとったらいいのか分からない。具体的にどういったアクションを次にとるべきなのか明確なメッセージを送る必要があるのだ。亮は一回目のプレゼンの時は、もう一度、近いうちに事務所に来てくださいというシンプルなメッセージを送った。メッセージはシンプルなものでなければならない。亮は、人と会う時は情報プラス、メッセージを送ることを常に心掛けた。

話が一段落つくと、ちょうどいいタイミングで早苗が声をかけてきた。

「簡単な食事の用意ができているので、良かったら一緒に食べてから帰りませんか？」来訪客は時計に目をやった。時計の針は夜の八時を回っていた。

「いや、結構です。遠慮しておきます」

「もう、お食事は済まされたんですか？」と早苗が尋ねた。

「いえ、まだなんですけど……」

「それでしたら、ぜひ、食べていってください」と早苗が言った。

「そうですよ。ぜひ、ご一緒に。もう少し、木村さんとお話がしたいし」と亮が後押しをした。

「それでしたら、お言葉に甘えて」と木村さんはにっこりした。

ダイニングルームに向かい、扉を開けると、いつもの連中がところ狭しと食事をしていた。亮が説明をしている最中、隣から楽しげな笑い声が聞こえていたので、みんなが集まっていたことは知っていた。亮たちがダイニングルームに入ってくると、食事をしていたみんなは簡単に挨拶を済ませ、入れ替わるようにリビングルームへ向かった。亮は木村さんと木村さんの紹介者の安藤さんの前に向かい合うようにテーブルについた。

「木村さん。もしかして明日は仕事お休みではないですか？」

「ええ。まあ」

「だったら、今日はいっちゃってください！」亮はそう言うと、グラスにビールを注いだ。乾杯を済ませると、林が食事を運んでくれた。そして、「どうぞ、召し上がれ」と大きな声で林が言うと、次から次へと食事が運ばれてきた。林は料理が得意だった。今日の料理は、焼き魚に揚げ出し豆腐、煮イカの印籠《いんろう》だった。林はしょっちゅう家で作った料理、肉じゃがやら豚の角煮やらぶり大根などを持ってきてくれた。林は生理的に受け付けないタイプだったが、こういった心配りが亮には嬉しかった。

食事を終えると、亮たちはリビングルームに向かった。扉を開けると、みどりがギターを弾いていた。そして、みどりを中心に十人以上の人間が輪になって床に座っていた。部屋の明かりは、さきほどより、少し落とされていてギターを聞くのにちょうど良い雰囲気になっていた。亮と木村さんと安藤さんも、その輪の中に入った。木村さんは大島の隣に座った。大島は既に酔っ払っていた。「おやじさん、よろしく。俺、大島」と、木村さんの肩を叩いた。そして、いつもの調子で「おやじさん、Ｊｕｓｔ　Ｄｏ　Ｉｔ！　Ｊｕｓｔ　Ｄｏ　Ｉｔ！　だぜ」と、握りこぶしを作って力強く語りかけていた。

十時を過ぎたころには、仕事を終えた宏司がやって来た。宏司はいつものように美味しいワインを持ってきてくれていた。その日、持ってきてくれたワインはイスラエルの『レカナッティ』というワインで、「イスラエルはワイン発祥の地とも言われてるんだぞ！」とうんちくをたれていた。ワインのおつまみはいつも、決まって林の漬けたおしんこだった。このおしんこがなぜか、妙にワインにあった。

みどりはレッド・ツェッペリンからエアロ・スミス、エリック・クラプトンと、リクエストに応えて、なんでも弾いていた。みどりはさながら人間ジューク・ボックスだった。

一方、亮はいつまでも、眠そうな木村さんに将来のビジョンを熱く語っていた。大島はただ酔っ払って、「Ｊｕｓｔ　Ｄｏ　Ｉｔ！」と叫んでいた。

そこでは、それぞれがそれぞれの役割を果たしていた。それぞれが個性を発揮し、それぞれを補完する様は、まるで一枚の白いキャンバスをそれぞれのカラーで埋め合わせ、一つの絵を完成させている様を連想させた。

毎週末は気がつくといつも終電のない時間帯になっており、始発の時間までみんなで語り合うのであった。

二年後の夏の日。

亮は鏡の前で十回以上ネクタイをつけ直していた。ゼニアの黒色のスーツに合うネクタイはどれかと鏡の前で格闘していたのだ。今日は亮の最高タイトル達成記念パーティーだった。

亮が鏡の前で悪戦苦闘していると、玄関のベルが鳴った。と同時に、ガチャガチャという鍵を開ける音がした。恐らく、大島が合鍵で扉を開けているのだろう。今日は大島が車で亮を迎えに来ることになっていた。間もなく、「おーい、亮。用意できているか!?」と、大島の叫ぶ声が聞こえてきた。

そして、亮の寝室に近づいてくる足音が聞こえ、部屋の扉が開いた。

「準備できてる？」大島がいつもの大きな声で聞いてきた。

「いいや」

亮は振り返ることなく、鏡越しに大島に返事をした。

「ぐずぐずしていると遅れるぞ。もう六時過ぎちゃったぞ！」鏡越しに見える大島も黒色のスーツを着ていた。そして、光沢のある水色のネクタイが黒のスーツに映えていた。

「うん。分かってる」亮はそう言うと、大島を真似て水色のネクタイをつけた。

亮はネクタイを締めると、腕時計をつけ、財布を内ポケットに突っ込んだ。「これで準備OK！」と、鏡の前にもう一度立ち、身なりを確認すると、そうつぶやいた。亮は、今日はいつもより多めにヘアワックスとオードトワレをつけていた。

マンションを出ると、なぜかマンションのまん前に大きな黒光りするベントレーがでんと停めてあった。沈み行く夕日に照らされ、その車は淡い輝きを放っていた。ベントレーはロールスロイスに非常によく似た車で、ロールスロイスをスポーティー仕様にしたような車だった。こんな高級車に乗るような人はこのマンションには住んでいないはずだった。

亮が驚いているのを確認すると、「今日はこれで迎えに来た」と大島が自慢げに言った。

「どうしたんだよ。この車？」

大島はニヤっとすると、答えた。

「栄二さんに貸してもらった。今日だけ特別に」

「お前、運転できるのかよ？」

「うーん。ここまではなんとか、ぶつけずに来れた」

そう言うと、大島はうやうやしくベントレーの後ろのドアを開け、手を広げて、亮を迎え入れるポーズをとった。亮は招かれるままに後部座席に乗り込んだ。目的地は栄二さんの自宅だった。今日はそこでパーティーを開いてくれることになっていた。亮を乗せた車は恵比寿から明治通りを通って、品川へと向かった。ベントレーの乗り心地は快適そのものだった。

そして、自分がＶＩＰになったような気がした。しかし、そんなことよりも大島が運転中、どこかぶつけたりしないかと、ずっと冷や冷やしていた。そして、ぶつけることなく無事、栄二さんの住むマンションに到着すると、地下駐車場へと向かった。

地下駐車場に下りていくと、地下エントランス前に車の一時停止用のスペースがあり、大島は車をいったん、そこに停めた。すると、警備員とおぼしき人が近づいて来た。亮はここに停めないように注意しに来たのかなと、思いきや、その警備員は亮の座る例のドアを開けるのであった。そして、「お帰りなさいませ！」と亮に声をかけた。大島も亮に続き、エンジンをかけたまま車を降りると、その警備員に「いつものところに停めておいて」と声をかけた。

亮はエレベーターに乗り、大島と二人きりになると、大島に聞いた。

「警備員にあんなこと、お願いしていいのかよ？」

「栄二さんがそうしていいって、言ってたんだ。しかも、後で部屋まで車の鍵を持って来てくれるらしいぜ！」

「ひえー。そんな世界が本当にあるんだな。ウソみたいなホントウの話が。むかし、広告であったよな、うそみたいな、ほんとが、ほしいって広告が」

そう言うと、亮はため息をついた。

栄二さんの家のドアを開けると、もう既に大勢の人が集まっていた。リビングに入ると、入り口正面の窓際から、でっかく『片山亮　最高タイトル達成記念パーティー』と看板が掛けられているのがまず、目に入った。そして、その看板を囲むように、リビングの壁際には白いテーブルクロスをかけたテーブルがぐるりと置いてあって、その上に色とりどりのフルーツや食べ物が並べられていた。

みんなここを訪れるのが初めてであり、みんな一様にその豪華さと景観に驚いているようだった。そして、亮の姿を見つけると、みんな「おめでとう」と声をかけてくれた。

小松と洋子も駆けつけてくれていて、同様に祝福してくれた。洋子は開口一番、「亮君って、顔が広いのね。あの栄二さんと知り合いだなんて、すごいじゃないの。それと、ここって、めちゃめちゃすごいとこね」と驚いていた。

早苗も亮より先に到着していた。早苗は亮の姿を見つけると、人の波を押しのけ、亮のところに飛ぶようにやって来て、「今日は、本当におめでとう」と、笑顔で祝福してくれた。

亮が到着して約二十分後、祝賀パーティーがスタートした。

司会は亮にはなじみのない男性が務めてくれた。亮の組織は大きくなりすぎて、もはやみんなの顔を把握できなくなっていた。亮の組織は今や三千人を超えていた。パーティーのスピーチは大島がトップバッターとして登場し、亮と出会った時の第一印象や仕事を始めたばかりのころの苦労話を交えながら、面白おかしく、亮への祝辞を送ってくれた。そして、宏司や早苗や小松らが次から次へと亮への祝辞を送ってくれた。

　みなからの祝辞が終わると、亮の番だった。亮は緊張気味に演台の上に立った。そして、しばらくマイクの前で黙って、会場が静かになるのを待った。会場が静かになると、亮は話を始めた。

「今日は、私のために、お集まりいただき、本当にありがとうございます。そして、こうした企画を立ててくれた主催者のみなさまにもあわせてお礼申し上げます」

　そこまで話すと、感激がこみ上げ、亮の声はうわずった。

「私が、こうして最高タイトルを獲得することができたのも、ひとえにここにいらっしゃるみなさま全員のお陰です。この場を借りて、お礼申し上げます。したがって、本来ならば、私がみなさまの前でスピーチをするのではなく、逆に、みなさま一人ひとりに演台に立っていただき、私から一人ひとりにお礼を申し上げたい思いです。本当にみなさま、ありがとうございます！」

　そこまで話すと、会場から拍手が起きた。

「そして、もう一つ、私が感謝しなければならないのは、一冊の本の存在です。みなさまも、私がいつも薦めているので、ご存じかとは思いますが、青山さんが書いた『バイブル』が私の人生を好転させてくれました。それまでの私は本を読むのが苦痛で、読書とはおよそ縁のない生活を送っていました。本なんか読んでも、人生に役立つことを学び取るなどということはできるはずがないというのが、それまでの私の考えでした。

ところが、その本に出会ってすべてが変わったのです。私はその本を繰り返し、繰り返し読みました。ぜひ、何度も読んで、あの本の中にある文章を空で言えるようにしてください。

また、私はその本に出会ったことで、一冊の本が人生を変えるということを知り、それ以来、むさぼるように、その他にもたくさんの本を読んできました。私はそれまでまったくといっていいほど本を読んでいなかったので、それまでの遅れを取り戻そうと、本を読む時は必ず線を引き、線を引いたページに折り目をつけて、時間を見つけては線を引いた箇所をノートに書き写していきました。

特に成功者と言われる方の自伝を中心に読み、そういった方々の考え方を学ぼうと考えました。最初は、そういった方々の考え方に触れると、ただ感心するだけなのですが、たくさんの本を読むうちに、少しずつそういった方々の考え方が自分に染み込んできたような気がします。

みなさまにあえて私から言わせていただくことがあるとすれば、ぜひ、お金を追うのではなく、自分の成長を追ってほしいということです。変化を恐れずに、自分が最も成長できる環境に身をおくように努めてください。

一つ具体例を挙げたいと思います。実は、先日、皮肉なことに、私が以前勤めていた商社が倒産しました。私がこうして新しい流通網を構築する一方、日本の流通の象徴である商社は倒産してしまったのです。

このことを通して学んだことは、自分が変化することを恐れていると、自分が新しい変化という波に淘汰《とうた》されてしまうということです。もし、私がその時の収入を失うのが怖くて、そのままその会社に残っていたとしたら、今の人生とはまったく違うものになっていたことでしょう」

亮はゆっくりと、言葉を一つひとつ選びながら話していた。

「そして、私は、ネットワーク・ビジネスほど、その自分の成長を促してくれる仕事はないと思っています。私はこの仕事を始めて六年になりますが、その間、一見、自分には克服不可能と思われる本当にたくさんの困難が用意されていました。そして、その困難を克服する度ごとに、自分の成長を感じることができました。

例えばみなさまの中には、ネットワーク・ビジネスが世間一般で、ネガティブに捉えられていることに対して、残念に思っている方もいらっしゃると思います。私もこの仕事を始めたばかりのころは、多くの方から声なき嘲《あざけ》りを受けて、悔しい思いもしました。でも、今はそういった方々に感謝しています。なぜなら、そういった方々のお陰で、自分の至らざる点に気づき、自分が成長するチャンスをいただけたからです。ネットワーク・ビジネスそのものには信用がありません。したがって、その分の信用を自分の信用で肩代わりする必要があります。『あなたが言うんだったら間違いがないね』と言われるような人間である必要があるのです。要は自分にはさしたる信用がないということに気がつき、信用を得るための努力をするチャンスがもらえたのです。信用を得るということは何事にも代えがたい貴重な財産です。

またある時は、自分のアップラインがまったく手伝ってくれないことに腹を立て、その人のグループで仕事を続けるのが辛くなり、活動をやめようかと思った時もありました。そして、またある時は、自分のダウンラインの中に他のネットワーク・ビジネスを始めた人がいて、自分のグループの人たちがその人に引き抜かれてしまい、腹を立てたこともありました。なぜ、私がそれらに腹を立てたかと言うと、結局は私がお金に執着していたからです。したがって、今ではそれらのことにも感謝しています。なぜなら、私がお金に執着していることに気づかせてくれたからです。私は自分自身が努力し、活動した結果、お金以上のものを得ているということにある日、気がつきました。そして、本当に価値あるものは、目に見えないものなのだということに気がつきました。私にとっての何よりの財産は、自分自身の成長であり、ここにいらっしゃるみなさまとの出会いです」

ここまで話すと、亮は間をあけた。

「そして、なんという運命のいたずらでしょうか。そのことに私が気づき、そういったことに心が乱されなくなった時、そのアップラインとダウンラインは他のネットワーク・ビジネスにグループの人間を勧誘したかどで、われわれがかかわるネットワーク・ビジネスの登録を抹消されてしまったのです。もし、彼らが他のネットワーク・ビジネスを始めずに、そのまま続けていれば、両名はともに大変大きなグループを持っていたはずでした。

今、私には多くの素晴らしい方々との出会いがあります。私にとって、これから大事なのは人との出会いです。みなさまの周りにもきっと素晴らしい方がたくさんいらっしゃいますが、その方々とご縁ができるかどうかは、私自身も含めて、どれだけ、その時に準備ができているかにかかっているのではないでしょうか。お金を追うのではなく、自分の成長を求めてください。その努力の先に、きっとみなさまが目指しているものがあると思います」

そう亮が話を締めくくると会場には割れんばかりの拍手が起こった。そして、次から次へと、抱えきれないほどの花束が亮に手渡された。

会の最後は栄二さんの挨拶で終了した。

そして、栄二さんは挨拶を終えると、おもむろに、一つのプレゼントを亮に手渡した。それは大きな箱のようなものだった。「中を開けてみてや」と栄二さんは言った。綺麗にラッピングされた包みを取ると、大きな箱が出てきた。箱の上には『ベルルッティ』と印刷されていた。亮はまさかと思いながらも、箱を開けてみると、中から、ベルルッティの艶やかな靴が出てきた。ブラウンをベースに碧色や黄色を混ぜたアンティーク仕上げのベルルッティらしい美しい靴だった。亮がその靴を手に取ると、栄二さんは「履いてみてや」と言った。サイズはぴったりだった。

亮は不思議に思い、「どうして、僕の靴のサイズが分かったんですか?」と尋ねた。

「一度、ベルルッティのお店を一緒に訪ねた時、試し履きしたやろ。その時にサイズを記録しておいてもらったんや!」

「こんなもの、本当にいただいちゃっていいんですか?」

亮は声を大にして尋ねた。なぜなら、その靴の価格は亮の持っている最も高い靴と比較しても、一桁違っていたからである。

「ああ、ええよ。男は足元が命やからな。でも、実はこの靴はわしと君の師匠の二人からのプレゼントなんや!」

「僕の師匠って、誰ですか?」

「君の師匠と言ったら、一人しかいないやろが! Aさんや、Aさん!」

「Aさんって、まさか、あお……」と言いかけた時、栄二さんが立てた人差し指を口元に持っていき、「シー」と言って、亮がそれ以上先を言うのを制止した。

そして、この時、亮は初めて気がついた。なぜ、不思議なくらい栄二さんが亮のことを面倒見てくれたのか。

青山は自分をわざと突き放し、亮が青山を頼るのをやめさせ、精神的に自立できるように促し、その後、栄二さんに面倒を見るように頼んでいたのだ。亮は青山に本当の優しさというものを教えてもらい、胸から何かがこみ上げてくるのを感じた。

亮は新品の靴の履き心地を確認するために、その場を少し歩き回った。すると、その時、目の前にいる栄二さんの携帯電話が鳴った。栄二さんは電話に出ると、すぐにその電話を亮に「はい」と手渡した。誰からだろうと思いながら電話に出てみると、懐かしい声が聞こえてきた。それはまぎれもなく、青山の声だった。

「片山さんですか？」相変わらず温かい声だった。

「はい、そうです。青山さんはお元気ですか？」

「はい」

「今、まだ、アメリカにいるんですか？」亮は青山が答え終わる前に次の質問をしていた。

亮ははやる気持ちを抑えられなかった。

「いえ、今は中国にいます。日本には残念ながら、ゆっくり帰る時間もないんです」

「ああ、そうなんですか。それは残念です」

「ところで、今回は、おめでとうございます。聞きましたよ。片山さんが最高タイトルを取られたって。私は信じてましたよ。片山さんなら、絶対、やり遂げるって」

「ほんと、青山さんにはなんとお礼を言っていいのやら。本当に青山さんのお陰なんです。それにもかかわらず、これまでまともにお礼もできてなくて、申し訳ございませんでした」

亮はこれまでに一度も、青山にお礼を言ったこともなければ、お礼をしたこともなかった。それを思い出すと、急に恥ずかしくなった。

「そんなことは気にしなくてもいいんですよ」

「そうはいきませんよ。私はまったく、青山さんには甘えっ放しだったんです。そんなことに、こうやって電話をもらう、今の今まで気がつかなかったんです。忘れてしまっていたんです。よく、言いますよね。人は自分がした施しばかり覚えていて、他人にしてもらった施しを忘れると。私はまさしくそれなんです。青山さんには本当にお世話になりっ放しなんです」

亮は急に自分が腹だたしくなった。

「私は、青山さんにご指導いただけたお陰で、今では、自分に起きたあらゆる障害が、自分が成長するためのチャンスだったんだと思えるようになりました。そして、何より、まだまだですが、すべてに感謝しようと心掛けられるようになってきました。少なくとも、すべてに感謝することが人生において最も大事なことなんだと分かりました。そういった考え方を教えてくれたのはすべて、青山さん、あなたなんです。そして、こうして、最後には本当の優しさというものまで、身をもって教えてくれたんです！」

そう言いながら、亮はその時初めて気がついたことがあった。

「青山さんは、私から何の見返りもなしに、これまでずうっと応援してくれてたんです。そんなことに今、私は気がついたんです。そして、私は青山さんに文句まで言ってた時がありましたよね。青山さんは、私から何の見返りも期待せずに、そういうことにも耐えてくれたんですよね。

本当に本当にすいませんでした。どうか、こんな私を許してください。私は青山さんにどうやって恩返ししたらよいか分かりません！」

それに対して、青山は優しく答えた。

「いいんですよ、片山さん。何もいらないんですよ。あなたは見事に私の期待に応え、そして、そのあなたという人間と信頼関係が築けたこと、ただそれだけで十分、報われているんですから」

亮の目から涙が溢れ出した。

亮はただただ「ありがとうございます。ありがとうございます」と繰り返す以外なかった。

それに対し青山は「いいんですよ。いいんですよ」と答え続けた。

エピローグ

薄明かりの中、亮、大島、宏司、早苗、みどり、林の六人が一つのテーブルを囲んで座っている。大島がテーブルに置かれたワイングラスを取り上げると、ソファに深々と腰掛けながら問いかけた。

「ところで、亮、知ってるか？」

「何を？」亮は目をつぶってワインの香りをかいでいる。

「最近へんなうわさが出てるんだよ！」

「ふーん。どんなうわさ？」

「お前と早苗が付き合ってんじゃないかって」

亮はワインをひとすすりしてから答えた。

「何を根拠にそんなこと。そんなわけないよ。ねぇ、早苗！」

「うん」

「何で隠すのよ。隠す必要なんてないじゃない」みどりがいたずらっぽく、早苗の目を覗き込んだ。「隠してないわよ」と早苗はきっぱり否定した。

「それより、大島さんこそ、その髭《ひげ》なんとかならないの。ぜんぜん似合ってないわよ」そう言って、早苗はテーブルの上のチーズをつまんだ。

「そうかな。かみさんには評判いいんだけどな。昨日まで、ネパールに行ってたからさ。そのまんまなんだよね」

「ネパールって、そんなとこに何しに行ったの？」早苗が驚きを隠さずに尋ねた。

「それはいい質問」そう言うと、大島はカバンから写真を取り出した。

「これ見てくれる？」

みんな立ち上がって、写真を覗き込んだ。そこにはちっちゃなレンガ造りの建物が写っていた。

「オレが作った小学校。それと、これはそこの生徒たち」

「うそ！　すごい。最近、家も建てたばかりでしょ。それもあんなに大きい」早苗は興奮して言った。

「学校って言っても大したことないんだ。建てるだけなら、土地代も含めて二百万円もしないんだ。それより、こういう所の子供はほんと無邪気で可愛いぞ。今度、一緒に行かないか」

大島がそう言うと、みんな一様に「行こう。行こう」となった。

「日本じゃ、自分のお金で大したことできないけど、ネパールに行けば、自分くらいでも存在意義を感じることができるんだ。みんなも自分の学校を作りたくなっちゃうぞ」

「でも、考えたらすごい話だよな」亮が感慨深げに言った。

「何が?」大島が尋ねた。

「だって、俺たちがこの仕事を始めて八年だよ。その間、大島は自分の家を建てて、なおかつ学校まで作った。そして、ここにいる全員が少なくとも三千人以上の組織を作り、自分の好きなことを追い求めることができる身分になってる。宏司はコンサルタント会社のパートナーに昇格し、早苗は女優を目指して活動を続けている」

「ちっともすごくないよ」大島は言った。

「どうして」と亮が尋ねた。

「だって、お前のほうがすごいじゃないか。今じゃ、二万人ものグループのリーダーだろ。業界での評判は相当なものだぞ。おまえが本気を出せばかなりのことができるはずだよ」

「オレもそう思う」宏司が口を挟んだ。

「実はオレから提案があるんだけど」と宏司が続けた。

「何?」

「亮。お前、政党作らないか？」

「どうして、俺が？」

「今のお前にはそのための人脈と信用があるからさ。亮の知ってるネットワーク・ビジネスのリーダーたちに声をかけるんだよ。他のネットワーク・ビジネスのリーダーも含めて。そして、ネットワーク・ビジネス党を立ち上げ、その人たちに立候補してもらうんだ。日本には何百万人ものネットワーク・ビジネス従事者がいるだろ。その人たちの琴線《きんせん》に触れるような政策を考え、まずは、その人たちを取り込むんだ。例えば、与党になった暁にはネットワーク・ビジネスに従事する人に優遇税制を採用しますって発表するんだ。失業保険を廃止して、代わりに、副業としてネットワーク・ビジネスに取り組む人に補助金を出すんだ。そうしたら、隠れ失業者が一斉にこの業界に入って来て、硬直した日本の産業構造を根本から変えれるかもしれないぞ」

「それは面白いアイデアね。ネットワーク・ビジネスをしてきた人はこれまで虐《しいた》げられてきて、その分、結束力が強いから、票が集まるかもしれないわね」

　みどりが口を挟んだ。

「しかも、日本では近い将来、四人に一人が七十歳以上という歴史上、類を見ない高齢化社会を迎える」宏司が話を続けた。

「したがって、この人的エネルギーを有効活用する社会的な仕組み作りが、今後必要になってくるんだ。ネットワーク・ビジネスは一生現役でいられる労働形態だろ。高齢者の雇用の受け皿を作るためにもネットワーク・ビジネス党を結成する価値があると思うんだ」

「だとしたら、名前を変えたほうがいいかもしれないな。ネットワーク・ビジネス党じゃなくて、自由労働党っていうのはどう？　今の労働形態から解放するという思いを込めて。それこそ、亮の普段の主張と一致するじゃないか。賃金人を解放するんだ」

大島がそう言うと、みんなが一様に「賛成！」と声を上げた。

「オレたちの力で日本を変えようよ！」大島が力を込めて言った。

「じゃぁ、オレが政党を作ったら、宏司が政策を考えてくれるのか」

「いいよ。うちの会社には若くて優秀なブレーンがたくさんいるから。なぁ、一度真剣に考えてみろよ」

「そうしたら、私が亮くんの秘書をやるわ」突然、林が口を開くと、みんなの視線が一斉に向けられた。

「みんな好き勝手言いやがって」

亮はそう言うと、ソファにもたれかかった。そして遠くのほうに視線をやった。その視線の先には、もらいっ放しになっているベルルッティの靴があった。亮はその靴を見て、もうそろそろ第二の人生を歩み出す頃合なのかもしれないと思った。

この作品は二〇〇三年四月総合法令出版より刊行された『ザ・バイブル　ビジネスで成功するための完璧なシナリオ』を改題したものです。

幻冬舎文庫

●最新刊
真夜中の散歩道
赤川次郎

神崎茜は半人前の霊媒師。幽霊に「僕が殺された事件を調べてくれ」と頼まれ、しぶしぶ犯人探しに乗り出すが……。キュートなヒロインが機転と不思議な力で敵と戦う痛快ユーモアサスペンス！

●最新刊
バカボンのパパよりバカなパパ
赤塚りえ子

娘を連れてゲイバーに行く!? ホームレスを自宅に呼んで大宴会?? 赤塚不二夫の愛すべき素顔を一人娘が赤裸々に綴る、笑いあり涙ありのバカ騒ぎの記録。読めば元気が出ること間違いなし!!

●最新刊
特命
麻生 幾

日本での主要国サミットを四日後に控え、密入国者が謎の言葉を残して怪死した。真相究明を命じられた若きエリート官僚・伊賀は、事件の背後に蠢く陰謀と罠に追い詰められていく……。

●最新刊
靖国への帰還
内田康夫

昭和二十年、夜間戦闘機「月光」で出撃した海軍飛行兵・武者滋中尉が辿り着いたのは、現代の厚木基地だった――。時空を超えた〝英霊〟が問いかける生きる意味。感動の歴史ロマン。

●最新刊
腐蝕の王国
江上 剛

上司・藤山の愛人の子の中絶を任された西前はそれ以来、藤山と共に出世争いを勝ち上がっていく。バブル前夜から銀行大合併までの内幕を生々しく描いた金融エンターテインメント。

幻冬舎文庫

●最新刊
D町怪奇物語
木下半太

作家デビュー前の「わたし」が、D町で場末感漂うバーの店主をしていた頃、毎日のように不気味で奇怪な事件が起きた。この町は「あの世」につながっている!? 日常が恐怖に染まる13の短編。

●最新刊
落英(上)(下)
黒川博行

大阪府警の桐尾と上坂は、迷宮入りしていた和歌山の射殺事件で使用された拳銃を発見。二人は事件の担当者だった和歌山県警の満井と会う。満井は悪徳刑事だった……。本格警察小説の金字塔!

●最新刊
突破口
組織犯罪対策部マネロン室
笹本稜平

刑事・樫村は、マネロン室に異動になる。取調べ中の信用金庫職員が死亡。捜査が難航する中、有力な情報が。提供者は樫村が過去に自殺に追込んだ被疑者の関係者。罠か、それとも――。

●最新刊
冤罪捜査官
新米刑事・青田菜緒の憂鬱な捜査
椎名雅史

幼少からの夢を叶え警察官になった青田菜緒。だが、配属先は被疑者の「俺はやってない!」を信じるのがモットーの冤罪係。日々、身内の粗探しに勤しむ彼女は警察の不祥事を解決できるのか?

●最新刊
漂えど沈まず
新・病葉《わくらば》流れて
白川 道

一晩で数百万が飛び交う麻雀、複数の美女との情事。大阪万博を控えて国中が活況を呈する中、まるで自らを壊そうとするかのように破滅へとひた走る梨田雅之。若き病葉はどこに漂着するのか?

幻冬舎文庫

●最新刊
東京バビロン
新堂冬樹

誰もが羨む美貌とスタイルを誇る音菜は人気絶頂のモデルだったが、トップの座と恋人を後輩に奪われた。音菜は塩酸を後輩の顔に投げつける……。疾走する女の狂気を描ききる暗黒ミステリ！

●最新刊
首都崩壊
高嶋哲夫

国交省の森崎が研究者から渡された報告書。マグニチュード8の東京直下型地震が5年以内に90％の確率で発生し、損失は100兆円以上という。我我の生活はこんなに危ういのか。戦慄の予言小説。

●最新刊
ミステリーの書き方
日本推理作家協会 編著

プロの作家に必要なことは？　どうしたら小説を書けるの？――ミステリーの最前線で活躍する作家43人が、独自の執筆ノウハウや舞台裏を余すところなく開陳した豪華な一冊。

●最新刊
ダーティ・ワーク
弁護士監察室
法坂一広

弁護士・古村の依頼でライバルを廃業に追い込む仕事を請け負う須賀田。しかし古村のライバルの遺体が自分の事務所で発見されたことで企みに気づき――。業界の闇に迫るサスペンスミステリー。

●最新刊
危険な娘
矢口敦子

極秘来日していたオノコロ国のトップが〝暗殺〟された。自首したのは、衆議院議員の息子で創薬研究をする大学院生だった。しかし彼には動機がない。誰をかばっているのか？　長篇ミステリ。

ザ・バイブル

読《よ》むだけで身《み》につくお金《かね》と人《ひと》に好《す》かれる習慣《しゅうかん》

菊《きく》地《ち》英晃《ひであき》

平成27年10月10日　初版発行
令和4年9月10日　3版発行

発行人——石原正康
編集人——袖山満一子
発行所——株式会社幻冬舎
〒151-0051東京都渋谷区千駄ヶ谷4-9-7
電話　03(5411)6222(営業)
　　　03(5411)6211(編集)
公式HP　https://www.gentosha.co.jp/
印刷・製本—中央精版印刷株式会社
装丁者——高橋雅之

検印廃止
万一、落丁乱丁のある場合は送料小社負担でお取替致します。小社宛にお送り下さい。

本書の一部あるいは全部を無断で複写複製することは、法律で認められた場合を除き、著作権の侵害となります。

定価はカバーに表示してあります。

Printed in Japan © Hideaki Kikuchi 2015

幻冬舎文庫

ISBN978-4-344-42392-3　C0195　き-30-1

この本に関するご意見・ご感想は、下記アンケートフォームからお寄せください。
https://www.gentosha.co.jp/e/